통영사람 정창한의
인정유한

통영사람 정창한의
인정유한

초판 1쇄 인쇄일   2019년 8월 30일
초판 1쇄 발행일   2019년 9월 5일

지은이   강성운
펴낸이   최길주

펴낸곳   도서출판 BG북갤러리
등록일자   2003년 11월 5일(제318-2003-000130호)
주소   서울시 영등포구 국회대로72길 6, 405호(여의도동, 아크로폴리스)
전화   02)761-7005(代)
팩스   02)761-7995
홈페이지   http://www.bookgallery.co.kr
E-mail   cgjpower@hanmail.net

ⓒ 강성운, 2019

ISBN 978-89-6495-141-5 03810

이 도서의 국립중앙도서관 출판예정도서목록(CIP)은 서지정보유통지원시스템 홈페이지(http://seoji.nl.go.kr)와 국가자료종합목록 구축시스템(http://kolis-net.nl.go.kr)에서 이용하실 수 있습니다. (CIP제어번호 : CIP2019033437)

통영사람 정창한의

인정유한

강성운 지음   人情有限

BIG 북갤러리

1부

인생살이 한(恨)도 많고 설움도 많다.
큰길을 걸으면서 조용히 살아야 할 것이다.
마음과 같이 마음대로 안 되니 말이다.

- 정창한(1919~1988) -

— 1 —

　나는 1919년 3·1 만세운동이 일어나던 해의 11월 11일, 조그마한 초가집에서 태어났다. 경치 좋고, 아름답고, 따뜻하고, 물 맑고, 인심 좋은 우리 고장 통영이다.

　세월이 흘러 나는 어느덧 다섯 살이 되었고, 동생 창민도 태어났다. 위로는 큰형님 창범과 작은형님 창명, 두 형님이 있었다. 나는 바닷가에 살았으므로 다섯 살 때 수영을 배웠다.

　내가 일곱 살이 되던 해, 우리 집안에 경사가 났다. 여동생이 태어난 것이다. 이름은 순이다. 이때부터 내 일이 많아졌으니 비로소 철이 든 모양이다. 아버지와 어머니는 아들 넷 가운데 첫 딸을 얻으니 기쁜 마음을 감추지 못했고, 이 때문에 우리 집안은 웃음꽃이 활짝 피게 된 것이다. 나는 이때부터 아이를 돌보고 집안일을 돕기로 작정하였다.

어머니는 아침 일찍 일어나서 오줌동이를 이고 척골의 조그마한 밭에 거름으로 오줌을 주러 간다. 나는 조그마한 지게를 지고 어머니 뒤를 따라다녔다. 집에서 약 1킬로미터 정도 되는 거리이다. 밭에서 나오는 야채며, 무, 호박, 옥수수 등 많지는 않지만 그래도 우리 식구를 먹일 정도는 되었다.

집에 오면 아이보기, 집안 청소하기, 어머니 심부름을 하였다. 아침 식사가 끝나면 아버지는 일하러 나가고, 큰형님은 직장에 나가고, 작은형님은 학교에 간다. 모두 나가고 나면 어머니는 또 밭에 간다. 동생 창민이는 이웃 아이들과 잘 논다. 어머니는 밭에 나갈 때마다 밥물에 설탕을 타서 밥그릇에다가 숟가락을 얹어놓고 나간다.

"아이 울거든 조금씩 떠 먹이거라."

나는 외롭다. 집안에는 아무도 없다. 아이가 운다. 아무리 밥물을 떠먹여도 운다. 아이를 업는다. 업고 달래도 운다. 나도 같이 운다.

'엄마가 빨리 와야 할 텐데!'

우는 소리를 듣고 이웃사람이 와서 도와준다.

"너희 어미가 너희들 먹여 살리려고 저리 고생한다."

아이를 안고 자꾸 얼러준다.

"야, 요년 봐라, 잘 생겼구나. 많이 먹고 어서어서 커서 네 엄마 도와줘야지"

아이가 웃는다.

"야, 웃는다."

나도 웃는다. 그러나 하루 이틀도 아니다. 매일같이 되풀이되는 일이다.

— 2 —

나는 한 살 먹은 순이를 업고 척골 밭으로 젖을 먹이러 간다. 아이는 자꾸 미끄러져 내려가 내 엉덩이에 매달린다.

'어쩔 수가 없다!'

앞으로 안았다. 그런데 안고서는 도무지 걷지를 못하겠다. 하는 수 없이 아이를 풀 속에 눕혀두고 달음을 쳐서 어머니에게 달려간다. 어머니는 놀란다.

"아이는 어쨌노?"

나는 겁이 나서 "풀 속에 두었다"고 하였다. 어머니가 달려간다. 나는 어머니 뒤로 따라간다. 어머니는 아이를 안고 눈물짓는다. 아이는 잘 자고 있다.

"집으로 가서 밥물에 설탕을 타서 동생 먹이거라."

이것이 내게는 더 큰 고역이다.

— 3 —

나는 어머니 뒤를 잘 따라다녔다. 조그마한 지게를 지고 따라다녔다. 올 적에 지게에다가 몇 가지 물건을 지고 어머니 앞에 서서 걸어온다.

"한아(창한아), 무겁제?"

한참 오다가 힘이 달려서 선다. 결국 어머니가 지게 채로 들고 온다. 나는 놀랐다.

'우리 엄마는 힘이 장사다!'

"엄마, 엄마는 장사제?"

"너도 엄마 말 잘 들으면 커서 장사가 된다."

나는 기쁘다.

'나도 어서 커서 우리 엄마처럼 장사가 되어야지!'

— 4 —

"오줌 삽니다, 오줌 삽니다!"

하루는 큰 똥장군을 지고 오줌을 사러 다니는 사람이 많이 지나간다.

"엄마, 오줌 한 장군에 얼마 합니까?"

"큰 장군은 2전이다."

'우리도 팔아야지. 2전이면 눈깔사탕이 열 개다!'

나는 새벽에 일찍 일어나 열심히 개똥을 주우러 다녔다. 개똥도 참 귀하다. 사람들은 개똥이라면 무조건 주워간다. 그러니 길에서 개똥 보기가 힘들다. 그래서 뒷논의 고랑으로 가니 많이 있다. 그걸 주어 다가 우리 여물통에다가 넣었다. 그리고 엿 고물을 길어다 붓고 막대기로 젓는다. 이틀에 한 장군은 만들 수 있다.

그런데 그만 아버지와 어머니에게 들키고 말았다. 야단이다.

"이놈이 무엇 하러 새벽에 일찍 집을 나가나 했더니, 이게 무슨 짓이냐!"

'아무도 모르게 하였는데 어찌 아셨을까.'

나는 크게 실망하였다.

— 5 —

나는 해방 후 큰집 과수원에 살적에 개똥을 많이 주우러 다녔다. 농사일에 오줌이 주로 쓰였으니, 오줌이 참 귀할 때였다. 요사이는 비료가 있으니 오줌은 필요가 없게 되었다.

— 6 —

나는 일곱 살 때 몸살로 크게 앓아누웠다. 집에서는 야단이 났다. 무당까지 불러서 굿을 한다. 아버지는 나를 업고 멘데 해안통까지 나왔다.

"네가 너무 무리하였구나. 병은 곧 낫는다. 안심하고 천천히 일어나야지."

나는 눈물이 났다.

"아버지, 염려 마세요. 아무 탈 없습니다."

"그래, 너는 착하니 병도 도망간다."

나는 아버지와 같이 웃었다.

세월은 말없이 흘러간다. 어느덧 내 나이 여덟, 아홉 살이 되었다.

하루는 어머니가 말끔히 새 옷으로 갈아입혀주었다.

"조용히 놀고, 옷 버리면 못 쓴다."

"예."

나는 건성으로 대답하고 낚싯대를 가지고 나갔다. 우리 집 뒤를 돌아가면 갈밭이 있다. 가보니 사람들이 많이 모여 수문을 잠그고 물고기를 잡고 있다. 물고기가 펄떡대고 있다. 나는 낚싯대를 버리고 물속으로 뛰어들었지만 물고기는 잡히지 않고 송사리만 대여섯 마리 잡았다.

갈대에다 송사리를 꿰어 집으로 향한다. 나는 어린 마음에 우쭐댄다. 집으로 돌아오니 어머니는 바느질을 하고 있다.

"엄마! 나 고기 잡아왔다."

어머니는 잠자코 뒷간으로 들어간다.

'아, 큰일 났구나! 엄마가 뒷간에 드시면 반드시 회초리를 가지고 오신다.'

내가 대문밖에 서서 살그머니 보니 틀림없이 손에 회초리를 가지고 나온다. 나는 겁이 나서 그만 도망을 치고 말았다.

'아무리 생각해도 나는 잘못이 없는데 엄마는 왜 저렇게 화를 내시나……..'

멘데 다리 부근에 서있었더니 지나가는 사람마다 나를 보고 웃는다.

"허허, 창범이네 곰보가 쫓겨나왔네!"

"그 꼬라지가 뭐가 온통 뻘이고? 얼굴에 뻘이 묻어 곰보가 안 보인다."

'아차!' 싶어 옷을 보니 새 옷이 온통 흙투성이다.

'이래서는 안 되겠다.'

바닷가로 달려가 손에 물을 발라 씻었는데 옷은 더 꺼메진다. 이제는 집으로 돌아가지 못하고 어찌하면 좋을지 생각하니 눈물만 나온다. 지나가는 사람들과 아이들은 나를 놀려댄다.

"하하, 곰보가 깜둥이가 되었다."

문득 나는 아버지를 떠올렸다.

'옳지! 아버지께서 오시면 따라 들어가야지.'

갑자기 기분이 상쾌해진다. 살살 걸어 돌담까지 가서 기다린다. 마침 먼발치에 아버지가 나타난다. 반가워 아버지에게 달려간다.

"아버지!"

"너 누구니? 가까이 오지 마라."

"아버지, 저 창한이에요."

"이 꼴이 무어냐? 저만치 떨어져 따라 오너라!"

나는 참 서러웠다.

'아버지께서는 여태껏 나를 참 사랑하고 좋아하셨는데…….'

울먹울먹하면서 아버지 뒤를 따라 집까지 왔다.

"저 곰보 말끔히 씻겨주라."

어머니는 이리 오라하며 내 옷을 벗기고 찬물로 몸을 씻겨주었다.

나는 엉덩이를 수없이 맞았다. 그러나 겁이 나서 울지도 못하고 아프지도 않았다.

— 8 —

하루는 큰형님을 따라 문어를 잡으러 갔다.

남망산 밑 제재소 부근에서 큰형님은 문어를 낚는다. 긴 대나무 작대기에다 굵은 실을 매고 실 끝에다 게를 걸갱이에다 묶고 이리저리 걸고 다니면 문어가 게를 보고 덥석 달라붙는다.

"에라, 모르겠다!"

큰형님은 힘껏 잡아당긴다. 문어는 걸갱이에 걸려서 땅바닥에 떨어진다. 문어는 일어서서 걷는다. 걸으면서 눈 밑에 코를 쭉 내밀고 기웃기웃하면서 우리를 보면서 걸어간다. 참 우습다.

— 9 —

하루는 동생 창민이를 데리고 형님이 가지고 다니는 작대기를 가지고 문어를 잡으러 갔다. 제재소 근처를 서성거리니 큰 문어 한 마리가 물 밑에 보인다. 물은 만조 때라 깊다. 옷은 겨울이라 솜바지에 저고리 차림이다.

"동생, 기다려라."

물에 담박질하여 뛰어들었다. 그러나 문어는 간 곳이 없고 옷만 듬뿍 젖었으니 몸이 한 짐이다. 옷을 벗어 나뭇가지에다 널고 옆으로 돌아보니 조그마한 문어 새끼가 보인다. 잡아서 땅에다 내동댕이치고 말았다. 날이 추워 옷을 입고 집으로 돌아왔다.

어머니가 몸을 씻겨주었는데, 엉덩이를 많이 맞았다.

— 10 —

우리 집은 남자 아이만 사는 곳이라 어머니 고충이 이만저만이 아니다.

큰형님은 어머니를 돕기 위해 석유깡통을 사와서 물동이를 만들었다. 세매(샘)가 멀어서 큰형님은 뒤에서 메고 작은형님은 앞에서 멘다. 나는 두레박을 가지고 그 뒤를 따른다. 그리하여 우리 집은 물 걱정은 없다.

그런데 큰형님과 작은형님은 종종 물동이를 메고 올 때 실랑이를 벌인다. 그 이유는 큰형님이 작은형님에게 "딱부리!" 하면, 작은형님은 큰형님더러 "촛대!"라 대꾸한다. 그리하여 작은형님은 앞으로 가지 않고 버팬다. 큰형님은 민다. 마침내 작은형님은 메고 있던 물동이를 버리고 도망간다. 물동이에 구멍이 나고 물은 사방에 흘려진다.

"큰형님, 왜 작은형님을 자꾸 놀립니까?"

"심심해서."

큰형님은 웃고 만다.

우리 큰형님은 머리가 좋다. 모든 일이 잘 돌아간다. 우리 집 문패와 '주류 판매업'이라는 글씨는 지나가는 사람마다 탄복을 한다. 어머니는 하다못해 집에서 술장사를 하였다. 나는 술도가에 종종 심부름을 갔다. 도갓집에 가면 고두밥을 많이 널어놓고 있다. 한 주먹먹으면 참 맛있었다. 도갓집 할머니는 내가 찾아가면, "곰보 왔나?", "많이 먹어라", "동생 갖다 주거라" 하시며 종이에다 많이 싸준다. 참고마운 할머니다.

하루는 큰형님이 능금 상자를 이용하여 수레를 만들었다.
상자 밑에 나무 동태를 네 개 달고 앞에서 끈다. 줄을 메고 뒤에서는 민다. 수레 안에 아이를 앉히고 멘데 온 골목을 달리고 다니니 시끄럽고 위험하다고 동네사람들이 야단이다.
"또 창범이네 아이들이다!"
어머니로부터 꾸지람을 듣는 것은 뻔하다.

어느 날 저녁때였다.
사촌형님 재훈이 집에 와있다. 우리 집 청에 딱 쪼그리고 앉아서 서

쪽을 향해 한없이 두 손 모아 절을 하고 있다. 그리고 한참 후에 집을 나가버렸다. 또 한참 후에 몸이 묶인 채 집으로 끌려와서 우리 집 작은방에 감금되었다.

방문을 잠가버렸으니 나오지 못하고, 미친 사촌형님은 방 안에서 큰 소란이다. 잘못하면 집이 넘어 갈 것 같다. 큰형님이 긴 간짓대로 찌르고 두드리고 하니 미친 사촌형님은 더 버럭 한다.

"네 이놈, 창범아!"

큰 소란이 벌어졌다. 온 동네가 발칵 뒤집어졌다. 당산에 '똥돌이 아버지'라는 사람이 살고 있는데, 힘이 장사다. 그 어른을 모시고 와서 사촌형님의 양팔, 양다리, 양손, 어깨 등을 묶어 방에 가두었다.

며칠 후 용하다는 의원이 집으로 왔다. 묶여있는 줄을 풀고 침을 두고 미음을 먹인다 하여 방면되었다. 그러나 의원이 외출할 때는 또 묶는다.

"왜 나를 묶소? 이제는 괜찮다. 묶지 말라!"

의원은 그 말을 듣지 않고 계속 묶어두고 진료하였다.

"이제는 걱정 없다."

그렇게 말하면서도 의원은 며칠 더 묶어두도록 하였다.

그런데 하루는 의원과 말썽이 난 모양이다. 아침에 의원이 방에 들어가더니 조금 있다가 집에서 나갔다. 그런데 어머니가 정기(부엌)에서 설거지를 하는데, 미친 사촌형님이 난데없이 불쏘시개를 들고 어머니를 난타하여 머리가 터지고 사방에 피가 낭자하였다.

"엄마가 피투성이다!"

"빨리 똥돌이 아버지를 불러오라!"

곧 똥돌이 아버지가 달려왔다. 미친 형은 꼼짝도 못하고 작은 방에
갇히고 나무로 작사리를 만들어 팔, 다리, 손, 어깨 할 것 없이 꽁꽁
묶이고 말았다. 나는 겁이 났다. 물 한 모금 마시지 못하고 주야로
소리만 질러대니 온 집안은 참말로 지옥이다. 어머니는 머리에 된장
을 바르고 싸매었다. 이웃사람들이 위로하러 찾아왔다.

며칠이 지났다.

하루는 문 앞에 백발노인이 찾아왔다.

"이 댁이 정씨 집안이지요?"

"네."

아버지는 정중히 대답한다.

"지나가는 길손이오만, 듣자하니 젊은 사람이 매우 위독하다 하여
한 번 보러 왔습니다."

아버지는 고개 숙여 사례한 후 그 노인을 정중히 모시고 들어왔다.

"이 젊은이는 제 조카 되는 사람인데, 지금 미쳐서 손을 못 씁니다.
여러 의원을 보았으나 아무 효과가 없어 이제 죽을 날만 기다릴 뿐
입니다."

"허허! 청춘이 아깝지 않소? 한 번 보고 가겠으니 인도하시오."

아버지는 하는 수 없이 방문을 열고 노인을 인도하였다. 노인은 한
참 환자를 바라보더니 아버지더러 묶은 줄을 풀라고 한다. 아버지와
나는 깜짝 놀랐다.

"내가 있는 동안에는 아무 일 없으니 안심하고 푸시오."

어쩔 수 없이 아버지와 나는 줄을 풀었다. 그러나 환자는 며칠을 굶었으니 옳게 앉지를 못한다. 노인은 아버지더러 미음을 가져오라 한다. 아버지가 미음을 가지고 와서 떠먹인다. 잘도 받아먹는다.

"제 조카는 의원이올시다. 그러나 어찌 잘못되어 지금 모진 병에 걸려서 이 고생입니다."

"알고 있습니다."

그때였다. 미친 형님이 노인께 고개를 약간 숙이며 "선생님!" 하는 것이었다.

"이제 안심하게. 그래, 내 하라는 대로 따라야 한다."

"네……."

사촌형님은 순순히 답하는 것이었다.

그리하여 다시 손과 발, 어깨를 밧줄로 꽁꽁 묶었다. 노인은 책 한 권을 펼쳐놓고 염불소리 같은 곡조로 책을 읽어 내려간다. 잠시 후 큰 장침을 주머니에서 꺼내어 코 밑 한가운데에 꽂고 책을 계속 읽으며 침을 비벼대니 서서히 침이 들어간다. 미친 형님은 고함을 지르며 난리다.

"삼촌, 나 좀 살려주소!"

큰 침이 거의 다 들어갔다. 그리고 그 다음에는 배꼽 밑 한가운데에 장침을 준다. 미친 형님은 고함을 지르고 야단이다. 그 다음에는 고추(性器) 구멍에다 침을 놓는다.

"몹쓸 일이요만 사람 살리는데 뭔들 못하겠소. 아무 말씀하지 마시고 눈 딱 감고 정성을 들여 붙들어주오."

아버지는 눈물을 흘리며 노인 말을 따랐다. 나도 눈물이 나온다.

"나가서 큰 대접을 가지고 오너라."

노인이 내게 시킨다. 나는 얼른 나가서 대접을 가지고 왔다. 노인은 땀을 뻘뻘 흘리며 열심히 책을 읽고 침도 살살 비벼가며 넣는다. 미친 형은 필사적이다.

"아버지, 살려주오! 삼촌, 살려주오! 숙질(叔姪) 간에 대체 이런 법이 어디 있소!"

최고로 발악이다. 노인은 책도 다 읽고 침도 다 뽑았다. 미친 형이 아무리 발악을 해도 묶인 줄은 끄떡도 없다.

"발밑에 대접을 받치라."

노인은 아버지에게 시키고는 주머니에서 칼을 꺼내어 사촌형님의 양 발바닥을 칼로 긋는다. 양 발바닥에서 새까만 피가 흘러나온다. 아버지가 양 발을 훑는다. 한 대접 가량 피가 나왔다. 나는 놀랐다.

'사람 피는 붉은데, 왜 이 피는 새까만 것인가!'

"미음과 된장을 가지고 오라!"

된장을 바르고 싸매었다. 노인은 한참 있다가 아버지더러 밧줄을 풀라 한다. 노인과 아버지, 나, 셋이서 밧줄을 다 풀었다. 아버지가 미음을 떠먹인다. 역시 잘도 받아먹는다. 미친 형님은 몸을 가다듬고 앉아 노인에게 절을 올린다.

"선생님, 진실로 선생님을 뵙습니다. 고맙습니다."

"참 잘 되었다. 이제는 다 나았다. 밥이고 미음이고 마음껏 먹어라. 그리고 빨리 회복하여라."

노인이 방을 나서니 아버지도 따라나선다.

"아까운 사람 놓칠 뻔하였구나!"

"저, 아직은 줄로 묶어놓아야 하지 않습니까?"

"허허. 이제는 안심하시라. 나는 해안통에 나가 바람을 좀 쐬어야 하겠소."

노인은 집 밖으로 나간다. 그러나 30분이 지나도 노인은 돌아오지 않는다. 아버지와 내가 멘데 해안통까지 나가 찾아보아도 보이지 않는다. 나는 생각하였다.

'그 노인은 도사다, 신선이다!'

노인이 돌아간 후 사촌형님은 아무 사고 없이 완쾌되었다. 참 신기한 일이다. 어머니 부상도 나았고, 사촌형님도 다 나아서 자기 집으로 돌아갔다.

아버지는 하나밖에 없는 조카인 사촌형님을 우리 형제보다 더 사랑하였다. 아버지는 종종 "불쌍한 자식이다"고 되뇌곤 했다. 어린 내가 볼 때는 우리 집의 원수와도 같아 보였다.

참 한심한 일이다.

— 14 —

어느덧 내 나이 열 살, 열한 살이 되었다.

열 살 때 통영공립보통학교에 입학하였다. 아무것도 배운 것 없이 입학하였으나, 열심히 공부하여 67명 중에 2등을 하였다. 달리기는 누구도 내게 못 당한다.

나는 2학년이 되었다. 열심히 공부한 덕택으로 결국 1등을 하고 말았다. 담임선생님은 참 재미있는 분이다.

하루는 학교를 마치고 집으로 돌아오니 동네 아이들이 내게 달려온다.

"너희 집에 아기 났다!"

나는 반가워서 막 뛰어서 집으로 왔다.

"엄마, 아기 났제?"

"오냐, 네 동생 또 하나 얻었다."

어머니는 아무 일 없다는 듯 정기에서 설거지를 하고 있었다. 나는 얼른 방으로 들어갔다. 동생 순이가 신기한 듯 아기를 쳐다보고 있다.

"순이야, 아기 귀엽제?"

동생이 고개를 끄덕한다. 이 아기가 동생 창수다. 내가 열한 살 때 동생 창민이가 여덟 살, 순이가 네 살, 창수가 한 살이다. 나는 기쁘다. 학교 공부를 마치면 집으로 직행이다. 나는 할 일이 많은 사람이다.

어느덧 3학년이 되었다. 새 담임선생님이 왔다. 하루는 선생님이 학생들을 모아두고 말했다.

"월사금 못낸 사람은 이 시간에 집에 가서 가지고 오너라."

나는 생각하였다.

'3학년 1학기까지 합하면 13개월분이다. 한 달 60전, 총합 7원 80전이다. 집에 가도 돈이 있을 리 없다. 도시락도 못 가져가는 집에 뭐가 있겠나. 고구마 가루로 종종 밥을 해먹는데, 당연히 아버지 지갑 형편은 말이 아니고, 큰형님께서 어린 몸으로 동분서주하며 우리 식구가 근근이 먹고사는데……'

나는 학교를 나와 시장 주변을 빙빙 돌다가 학교로 간다.

"돈 가지고 왔나?"

선생님의 물음에 나는 대답을 못했다. 선생님이 내게 벌을 준다. 참 창피하다.

'학급 반장이, 또 1등은 무엇이며, 우리 집안은 왜 이리도 가난하단 말인가.'

나는 배고픔도 많이 참아왔다. 그래도 학우에게는 절대 지지 않았다.

'이것이 무슨 꼴이냐 말이다!'

벌을 받고 있으면서 자꾸 눈물만 난다.

— 15 —

그 이튿날 나는 학교로 가는 체하면서 책보를 들고 아침 일찍이 큰형님 뒤로 숨어 따라갔다. 서택(西澤 ; 니시자와)이네 오동나무 공장이다. 큰형님은 서기인지라 사무실로 들어가고, 나는 책보를 나무 밑에 감추었다. 조금 있으니 공장 작업이 시작되었다. 나는 이리저리 돌아다녔다. 그러다가 사람들에게 붙들리게 되었다. 큰형님이 나오고 주인 서택 씨도 나왔다.

"너는 왜 학교에 가지 않고 여기 왔나?"

"큰형님, 저 이제 학교에 안 갈 겁니다."

큰형님은 불같이 화를 내며 빨리 가라고 야단이다. 그런데 사람들은 일이 바쁘니 어린 아이라도 좋다 하며 자꾸만 일하라고 한다. 주인도 덩달아 일하라고 한다.

"오늘만 일하고 집에 가서 이야기하자."

큰형님은 사무실로 들어갔다. 나는 어른들 밑에서 일하였다. 그리하여 일당 8전을 받았다. 이 8전이 내게는 큰돈이고, 처음 만져보는 돈이다. 나는 큰형님과 함께 집으로 돌아왔다. 어머니는 내가 학교에서 늦게 왔다며 야단이다. 큰형님으로부터 자초지종 이야기를 들은 어머니는 나를 부둥켜안고 대성통곡한다. 나도 울었다. 큰형님도 울었다.

그리하여 나는 학교에는 가지 않고 큰형님을 따라 매일 공장으로 가게 되었다.

며칠이나 지났다. 학교에서 학우들이 집으로 몰려왔다.

"선생님께서 꼭 데리고 오라 하신다."

학우들이 하도 조르니 할 수 없이 공장을 쉬고 학교에 나갔다. 학우들이 몰려왔다. 나는 부끄러워서 눈물만 났다. 선생님은 나를 교무실로 데리고 갔다. 나는 선생님 뒤를 따랐다.

"왜 학교에 나오지 않느냐?"

나는 북받치는 설움에 말도 나오지 않고 눈물뿐이다. 선생님은 공책과 연필을 많이 쥐어주면서 타이른다.

"내일부터 꼭 학교에 나와야 한다. 아무 걱정 말고 공부 열심히 하여 훌륭한 사람이 되어야 한다. 너는 모범생이고 공부도 잘 하니 꼭 성공할 것이다."

나는 그저 "예!" 답하고 집으로 돌아왔다.

— 16 —

집에는 아무도 없다. 동생 순이가 물끄러미 아기만 바라보고 있다.

"순이야, 아기 참 좋제?"

순이가 고개를 끄덕한다.

"오빠 학교 갔다 올 때까지 아기 잘 보아야 한다?"

또 고개를 끄덕한다. 나는 순이가 고개를 끄덕끄덕하는 것이 참 귀엽다. 나는 동생들을 보니 참 흐뭇하다. 나는 학교에서 돌아와서 여러모로 생각하였다.

'내가 학교에 나가면 언젠가 또 월사금 말이 나올 것이다. 자꾸만 불어가면 누가 대신 갚아줄 것인가!'

결국 나는 학교 가기를 단념하였다. 다시 큰형님을 따라 공장에 다니기로 한 것이다. 큰형님은 서기인지라 은행에 자주 출입한다. 나는 어른들 밑에서 열심히 일하였다. 큰형님은 노는 날이 없다. 휴일에도 멘데 해안통에 나가 논다. 오동나무 배가 들어오면 형님은 비호같이 달린다. 오동나무를 일일이 장대로 재어서 주인에게 보고하는 것이다. 수고비를 몇 푼 받아가지고 어머니에게 건넨다. 큰형님은 매일같이 참 고되다.

내가 아홉 살 때, 아버지는 장좌섬(長佐島)에서 일했다. 장좌섬은 유명한 금광산이다. 금을 캐내는 광산이다. 우리 어린 시절에 장좌섬은 섬이라서 나룻배가 다녔다. 나는 아버지 점심도시락을 가지고 자주 다녔다.

그런데 하루는 광산 감독이 우연히 산봉우리에 올라갔다가 산이 쪼개져서 곧 무너지려는 것을 발견하고 밑에 있는 사람들에게 어서 피하라고 큰 소리를 쳤다. 이 소리에 50미터 아래서 일하는 사람들이 모두 올라왔으나 아버지는 올라오지 않았다고 한다. 그러나 '꽝!' 하는 소리와 함께 아버지는 본인도 모르게 산 위로 올라왔다. 그리하여 사람 피해는 없었다.

우리 아버지는 너무 어리석다. 위급한 때 연장을 정돈한다는 것은 있을 수 없는 일이다. 사람은 언제나 위급 시에 동작이 빨라야 한다. 지금 생각해도 참 아찔하다. 지금도 산이 무너진 채 그대로 있다.

세월은 흐른다. 내 나이 열두세 살 무렵이다.

아버지는 통영 갓집에서, 큰형님과 나는 서택(니시자와)이네 오동나무 공장에서 일하고, 작은형님은 졸업 3개월을 앞두고 일본인이 경영하는 과자가게에 점원으로 들어갔다. 그 즈음 동생 창민이는 보통학교에 입학하였다. 그런데 몇 달이 지나도 작은형님이 집에 영 오지를 않는다.

하루는 어머니가 내게 말했다.
"너, 휴일에 작은형님 한 번 만나보고 오너라. 월급날이고, 보통날이고, 몇 개월이 지나도 영 소식이 없으니 답답하다."

휴일이 되자 나는 작은형님을 찾아갔다.
"형님, 어머니께서 왜 집에 한 번 오지 아니하냐고 큰 걱정이십니다. 집에 한 번 다니러 오시오."
"뭘 하러왔나? 어서 가지 못하나?"
성내며 나를 밀어낸다. 그때 일본인 주인이 나타나 작은형님에게 묻는다. 동생이라고 답한 모양이다. 주인은 나를 안으로 데리고 들어가 과자와 빵을 먹으라고 준다. 나는 목이 메여 먹지 못하였다. 주인은 봉지에다가 과자 부스러기와 빵 조각을 싸주면서 집에 가서 먹으라 한다. 나는 두 손으로 받아들고 절을 꾸벅하고 집으로 돌아왔다.
어머니에게 전후 사정을 이야기하니 크게 한숨만 쉰다. 나는 주인이 싸준 봉지를 내밀었다. 동생들이 과자 부스러기와 빵조각을 잘 먹는다. 나는 슬퍼서 밖에 나가 울었다.

우리 집안은 너무 가난했던 모양이다. 아버지는 갓 만드는 일을 해서 얼마 되지도 않는 돈을 받아 종종 술도 마시고 담배봉초도 사고 하니 그마저 얼마 남지 않는 모양이다. 큰형님이 한 달에 5원 정도, 내가 3원 미만 번다. 그것도 날일이라, 열심히 다녀야만 그 돈을 벌 수 있다.

어머니는 언제나 밭에 나간다. 밭은 조그맣지만 우리 식구의 생명이 여기에 달려있다. 그러니 어머니는 필사적이다. 내가 가난을 안 이유는 어머니가 물에 간장을 타고 밥 한 숟가락 넣어서 장독 위에다 두고 간절하게 비는 모습을 종종 봤기 때문이다.

"칠성님께 비나이다, 비나이다. 우리 아기 젖 많이 나오도록 비나이다."

어느 날은 어머니가 밥 대신 물에 간장을 타서 마시는 것을 보았다.

"엄마, 물에 간장 타고 마시면 간이 쓰리고 몸에 안 좋습니다. 다음에는 그러지 마세요."

"그럼 아기는 무엇을 먹이냐?"

"밥물에 설탕을 타서 먹이면 잘 먹어요."

"설탕이 있어야 먹이지. 밥물만 주면 아기가 안 먹는다."

"설탕 사오면 되지요."

어머니는 그저 웃는다. 사실은 그렇다. 암만 간난아이라도 입에 맞지 않으면 먹지 않는다. 우리 어머니는 고생도 많이 하고 눈물도 많이 흘린 분이다. 우리 어머니는 자식 욕심이 여느 사람들과 다르다. 우리 식구 여덟 명 모두 참 극성맞다.

— 20 —

오늘은 휴일이다.

어머니는 나더러 오후 1시경 아기 젖 먹이러 오라 일러두고 밭에 나갔다. 마침 큰형님도 집에 있고 하니 마을 아이들이 많이 놀러왔다. 못치기, 사금파리 돈치기, 풀찾기, 다람치기 등 집안이 온통 야단이다. 나도 같이 논다. 그런데 아기가 자꾸만 운다. 수건을 양쪽 기둥에 묶고 아기를 태워두고 흔든다. 안심하고 논다.

어느덧 시간을 보니 오후 3시가 넘었다.

'아차, 큰일 났다!'

아기 젖 먹이러 가는 것을 깜박 잊고 말았다.

'얼마 있으면 엄마가 집으로 돌아오실 텐데!'

아기를 보니 아직도 자고 있다. 후에 안 일이지만, 아기는 너무 흔들어댄 탓에 어지러웠던 것이고 배도 많이 고팠던 것이다.

어머니가 밭에서 돌아왔다.

"왜 젖 먹이러 안 왔노?"

나는 아기가 잘 자서 못 갔다고 말했다.

"이 멍청아, 아기가 녹초가 되어 축 늘어져있지 않니? 너도 오늘 밥 좀 굶어보아라."

밥을 주지 않으니, 그날은 나도 굶었다. 배고픔이란 참 서러운 일이다.

어머니도, 우리도, 동생도, 점심이란 아예 없다. 간혹 가다가 고구마 한두 개. 그러나 끼니와 끼니 사이이므로 안 먹어도 아무 탈 없다. 저녁에 국수를 준다, 죽을 준다 하지만, 나는 다 잘 먹는데 국수나 죽은 아예 못 먹는다. 그러니 국수는 불고, 죽은 삭는다.

"못 먹거든 먹지 말라."

어머니는 화를 내며 다 치워버린다. 나는 굶을 수밖에 없다. 그 후로 어머니는 고구마나 밥을 나만 먹으라고 따로 준다. 지금도 나는 국수나 죽, 밀가루 음식은 못 먹는다.

나는 오늘도 호미와 바구니를 들고 해안통에 나간다.

각양각색의 사람들이 바지락조개를 캔다. 돌아보면 남자라고는 나 혼자뿐이다. 나는 부녀자들 틈에 끼어 조개를 캔다. 열심히 파니 여자들보다 많이 캔다. 주로 바위틈에 붙어있는 파래, 해삼, 우렁쉥이 등을 캐서 집으로 돌아온다. 이것이 우리 집 반찬이다.

하루는 옆집 제삿날인 모양이다. 나는 공부방에서 공부하다 잠이 들었다. 그런데 누군가 큰형님 이름을 부른다.

"창범네!"

조금 있으니 어머니가 제삿밥을 받아 들어가는 모양이다. 아무리 기다려도 나를 부르지 않는다. 귀를 기울이니 큰 방에서 소리가 난다. 나는 어린 마음에 저희끼리 다 먹는다고 생각하니 슬퍼지고 눈물이 난다. 이불을 둘러싸고 울었다.

조금 있으니 큰형님이 나를 부른다. 나는 하도 서러워 말도 하지 않고 대답도 하지 않았다. 큰형님은 큰방으로 가서 동생 잔다고 말하였다. 나는 이불을 팽개치고 앉아서 소리 없이 실컷 울고 나서 '그까짓 것!' 생각하니 마음이 홀가분하였다. 그리고 잘 잤다.

지금 생각하니 우습기도 하고 부끄럽기도 하다.

우리 어릴 적에 작은 방을 공부방이라 하였다. 집에 동네 아이들이 공부하러 몇몇 다녔다.

그런데 하루는 비가 많이 와서 아이들이 집에 돌아가지 못하고 공부방에서 아무렇게나 자게 되었다. 한밤중에 방 안에서 소란이 났다. 다름 아니고 한 놈이 오줌이 마려워 요강을 찾는다는 것이 큰형님 머리에다 대고 오줌을 갈겨버리고 말았으니 방 안이 수라장이 되고 말았다.

참 우스운 일이다.

— 25 —

하루는 공장에서 일을 마치고 집으로 돌아왔다. 그날 큰형님은 공장에 나오지 않았다.

집에 들어서니 어머니가 장독에 물을 떠놓고 두 손 모아 빌고 있다. 그리고 눈물을 흘린다.

"엄마, 큰형님 어디 갔노?"

내심 이상하다 여기고 어머니에게 물어도 울 뿐이지 도통 말이 없다. 동생들도 따라서 운다. 나도 모르게 눈물이 난다.

며칠이 지났다.

큰형님이 집으로 돌아왔다. 그리고 며칠 후 또 큰형님이 보이지 않는다. 나는 참 이상한 일이라고 생각했다. 공장에서는 다들 형님을 찾는다. 나는 아무것도 모른다고 답할 뿐이다. 그 후로 큰형님은 영영 나타나지 않는다. 나는 놀랐다. 어머니는 매일 운다.

"엄마, 큰형님은 어디 갔노?"

물어도 대답 없이 그저 울 뿐이다.

'이거 안 되겠다.'

아버지에게 물었다. 아버지는 나를 멘데 해안통으로 데리고 갔다. 아버지는 걱정하는 말새로 입을 열었다.

"네 큰형은 일본으로 갔다. 활어선을 타고 밀항했다. 무사히 잘 도착하였는지 큰 걱정이구나. 예전에 대밭골 사는 김창순이라는 사람이 일본으로 갔다. 하여 네 큰형은 그 사람 주소를 가지고 찾아갈 것이다. 그런데 그 조그마한 배로 큰 바다를 잘 건너갈 것인지 참 걱정이다."

나는 크게 놀랐다. 하지만 이내 마음을 가다듬었다.

"아버지, 그 배들은 장어를 많이 싣고 왔다 갔다 하는데 걱정할 것 없습니다. 그러나 속히 소식이 있어야 할 것입니다. 약 한 달만 기다리면 알 것입니다."

"네 말이 옳다. 그러나 네 큰형이 없으니 집안이 텅 빈집 같다. 그리고 생활이 걱정이다."

"아버지, 걱정하실 것 없습니다. 제가 열심히 일하고 엄마는 밭에서 열심히 하면 아무 걱정 없습니다."

아버지는 웃는다. 그 모습을 보니 나는 기운이 난다. 아버지와 집으로 돌아와 어머니에게 말했다.

"엄마, 다 알았습니다. 아무 걱정 없습니다. 약 한 달만 기다리면 됩니다. 엄마, 울지 마. 엄마가 울면 나와 동생들이 따라 웁니다. 엄마, 울면 안 돼."

"오냐, 이제부터 안 울게."

어머니가 나를 왈칵 안는다. 나는 아주 기분이 좋았다. 큰형님 소식 오기만 기다리며 나는 더욱 열심히 일하였다.

그럭저럭 한 달이 다가왔다. 큰형님으로부터 아무 소식이 없다. 마음이 안타깝다. 길을 걸어도 앞이 안 보인다. 자꾸 불안한 마음이 든다. 집에 돌아와 어머니 대하기가 미안하다. 어머니는 장독에 냉수를 떠놓고 한없이 빈다. 어머니의 지성에 하늘이 감동하였는지, 그다음날 큰형님으로부터 편지와 송금이 들어있는 등기우편이 도착했다. 봉투를 열어보니 돈표가 들어있다.

'이것이 꿈인가, 생인가!'

"엄마! 편지 안에 돈표가 들어있어요. 10원이 들어있습니다!"

"참말이냐. 어디보자."

얼른 돈표를 꺼내 어머니에게 보였다.

"한아(창한아), 이것은 편지다. 돈이 어디 있노?"

"엄마, 이것이 바로 돈표입니다. 우체국에 가서 돈하고 바꾸면 됩니다. 아버지 오시거든 내일 바꿔오도록 하세요."

그리하여 다음날 아버지가 우체국에 가 우편환을 돈으로 바꿔왔다. 우리 집안에 웃음꽃이 활짝 피었다. 나도 신이 난다. 일을 하여도 고되지 않다. 큰형님 편지에 의하면, 일본에 무사히 도착하여 창순이를 찾아갔으나 창순이는 그 집에 없었다고 한다. 그래서 큰형님은 그 집에서 일하기로 하고 선금조로 10원을 부친다고 하였다.

큰형님의 주소는 효고현 무코군 미카게쵸(兵庫縣武庫郡御影町)에 있는 도메이 온천(東明溫泉)이다. 그 후로 큰형님은 월급을 받으면 꼭 한 달에 한 번씩은 돈을 부쳐온다. 아버지는 그날이 되면 꼭 집에 있다.

그 후 몇 개월이 지났다. 큰형님은 작은형님에게 일본으로 오기를 권하였다. 작은형님은 소식을 듣고 기뻐하였다. 몇 달 안에 작은형님도 정식 수속을 받고 일본으로 떠났다.

그러나 작은형님이 막상 떠나도 우리 집 생활에는 아무런 지장이 없었다. 집에 오지도 않고 돈은 받아서 무엇에 썼는지 알 수가 없다. 작은형님은 일본으로 떠날 때 집에서 돈을 타가지고 갔다.

떠난 지 일주일 만에 작은형님이 부친 편지를 받았다. 안심하였다. 읽어보니 큰형님과 함께 일하게 되었다고 한다. 아버지와 어머니는 안심하였다.

나는 어느 날 곰곰이 생각하였다.

'우리 아버지는 왜 형님도 안계시고 동생도 없으신가! 아버지는 참 고독하시겠다.'

아버지는 어디 의논할 곳도 없다. 다만 하나밖에 없는 내 사촌형님 재훈 한 사람뿐이다. 그마저 의논할 상대도 안 된다. 외삼촌은 두 분 계신다. 이 또한 의논할 상대가 안 된다. 우리가 잘 살면 문턱이 닳도록 올 사람들이다. 그러니 누구를 원망하겠는가. 아버지 가슴속에 깊이 말 못할 사연이 있을 것 아닌가. 나는 어린 마음에 고민하였다.

'아버지의 고독은 그 무엇인가? 우리 아버지는 참 외롭고 쓸쓸하시

겠다.'

우리 어릴 적에 아버지는 술을 많이 마시고 집에 오면 자는 우리들을 다 불러 앞에 앉히고 무어라고 말하곤 했다. 우리들은 무슨 말인지 알아듣지 못하고 꾸벅꾸벅 졸다가 아무데나 누워서 잔다. 아버지는 한참 말하다가 그 자리에서 잠들고 만다. 어머니는 아버지에게 야단이다. 그러나 어린 우리들이 무슨 힘이 있다고. 아버지는 우리에게 당신의 소원을 말한 모양이다.

'아버지께서는 우리 형제들에게 고독과 외로움을 푸시는 모양이다.'

— 28 —

우리 어머니는 참으로 현모양처다.

아버지에 대한 불평불만을 한 번도 우리에게 말하지 않았고, 아버지의 의복은 언제나 말끔하다. 자식들에게는 그 누구보다도 모정이 깊다. 그리고 부지런하고 건강하며, 우리 어머니는 가난을 이기고 우리 7남매를 잘 키워냈다.

어머니는 가난 탓에 눈물로 많은 세월을 보냈다.

— 29 —

오늘은 웬일인지 일본에 간 큰형님이 보고 싶다. 공장에서 돌아올 적에는 언제나 지게에다가 대나무를 지고 다닌다. 오늘도 아버지가 돌티미까지 마중 나왔다.

"아버지, 오늘은 공장에서 일을 하여도 자꾸만 큰형님이 보고 싶어서 많이 울었습니다."

"나도 보고 싶구나."

"며칠 후면 동생 창민이가 입학하는 날입니다. 큰형님 계시면 동생 입학날 데리고 갈 것인데……."

"참, 창민이 입학날이제. 그럼 내가 데리고 가지."

— 30 —

세월은 참 잘 흘러간다. 벌써 내 나이 열너댓 살이 되었다.

공장에서 돌아오니 어머니가 순산하였다. 막냇동생 창제가 태어난 것이다. 나는 기쁨을 참지 못하였다. 계속 집에 있었던 동생 창민이에게 물었다.

"고추가?"

"네, 형님. 고추입니다."

"우리 집에는 남자만 여섯 명이다."

"아니요, 일곱 명입니다."

"아무리 내가 손을 꼽아 세어보아도 여섯 명이 틀림없다. 동생은 여동생 순이를 남자라고 아는 모양이다."

"아니요, 아버지도 남자 아니요? 그러니 일곱 명이지요."

"뭐라고? 네 말이 옳다. 맞다. 하하!"

동생 손을 잡고 둘이서 한참 웃고 있으니, 동생 창수가 고추를 내보인다.

"나도 고추 있다."

"오냐, 니 고추 참 맵다. 아기 고추하고 똑같다."

어머니 말씀에 집안에 웃음꽃이 활짝 피었다.

— 31 —

동생 창민이도 학교에서 공부를 잘 하였다. 학급에서 1등이다. 학교 선생님이 무슨 일로 학교에 나오지 못하면 동생이 선생님을 대신하여 학생들을 가르친다고 하니 참 대단한 실력이다. 나는 마음으로 동생에게 빈다.

'우리 큰형님은 서당에만 다니시고, 작은형님은 졸업 3개월 전에 그만 두셨고, 나는 3학년 1학기에 학교를 그만두었으나, 이제 우리 집안도 안정되었으니 동생만은 우리 몫까지 합하여 열심히 공부하여 다오!'

이 무슨 운명인가. 가난이 유죄란 말인가. 하지만 가난은 물러갔다. 가난은 이제 거의 물러간 것이다. 우리들은 어머니와 함께 가난을 이겨낸 것이다.

하루는 아버지가 나를 불러 앉힌다.

"창한아. 일본에서 네 큰형님 편지가 왔다. 그런데 너를 일본으로 들어오라 한다. 네 마음이 어떠하더냐?"

나는 앞뒤도 생각하지 않고 대답하였다.

"아버지, 나 일본 갈랍니다."

아버지는 고개를 한 번 끄덕하더니 말했다.

"그럼, 내일 공장에 가지 말고 경찰서로 가보자."

나는 그날 밤 통 잠이 오지 않았다. 요모조모 따져 생각하니 기쁘고도 설렌다. 동네 몇몇 사람 중에 일본으로 갈 때는 핫바지에다 보따리 가지고 떠난 사람이, 몇 해만에 고향으로 돌아올 때에는 말쑥하게 양복을 입고 가죽구두 신고 시계 차고 나오니, 어린 마음에도 부럽기 한이 없다. 일본이란 나라는 대체 어디 있으며 얼마나 돈이 많은 나라이기에, 일본 갔다 돌아오면 번질번질해지니 모두가 "일본, 일본!" 하고 외친다.

'나도 일본 간다!'

기쁜 마음에 잠을 이루지 못하였다.

— 32 —

다음 날, 나는 아버지를 따라 경찰서로 갔다. 경찰서 안에 특고과라는 실로 들어갔다. 아버지는 서원과 무슨 이야기를 나누고 있다. 그리고 한참 있다가 아버지와 함께 나왔다. 아버지는 일본에 조회를 하고 나면 약 1주일 걸릴 것이라고 말했다.

나는 기쁘다. 우물에 갇힌 개구리인지라, 통영 바닥만 아는 나는 천지도 모르고 기뻤다.

어느덧 1주일이 흘렀다. 아버지가 서류와 사진을 가지고 경찰서를 찾아갔다. 일이 잘 풀려 도항증명서가 나왔다. 통영 출발이 1주일가량 남았다. 나는 아무 일 없는 듯 공장에서 일하였다.

그런데 하루는 공장에서 집으로 돌아와 보니 낯모르는 노인이 와 있다. 아버지는 노인에게 술과 음식을 대접하고 있다. 아버지는 노인에게 인사를 드리라 재촉한다. 나는 정중히 인사했다. 후에 알고 보니 노인은 고향에 다니러 왔다가 며칠 후 일본으로 돌아간다고 한다. 노인의 아들이 교토(京都)에 산다 하여, 가는 길에 나를 일본 고베(神戸)까지 안내해달라는 부탁을 받은 것이다.

이럭저럭 날이 다 되었다.

나는 공장에 가서 정리를 하고, 품삯을 다 받아서 집으로 돌아왔다. 내일 밤이면 통영을 떠난다. 내가 탈 배는 200톤급 태안환(太安丸)호.

나는 밤에 잠이 오지 않는다. 내 곁에는 동생 창민이가 잘 자고 있다. 우리 순이도 많이 커서 어느덧 일곱 살. 아기도 잘 보고, 집안일도 잘 거들어준다. 동생 창수는 언제나 누나 곁을 떠나지 않는다. 이리 가면 이리 따라가고, 저리 가면 저리 따라다닌다. 같이 놀아줄 사람이 없으니, 오직 누나밖에 없다.

나는 내일이면 이 집도, 이 방도, 아버지, 어머니, 동생들도 다 두고 떠난다.

'안 돼. 안 돼. 나는 안 갈 테야. 나는 안 간단 말이다. 일본 땅이 무엇이길래, 일본 땅이 무엇인데. 나는 안 간단 말이다.'

나는 소리 없이 한 없이 울었다. 옆에서 자던 창민이 우는소리에 깼다.

"형님 안 자요? 왜 우는데요? 어디 아파요?"

'이 동생들은 나 일본 가는 거 모를 거야. 모두가 비밀인데…….'

나는 아무 말도 하지 않고 꾹 참고 누웠다. 동생도 누워 잠이 든 모양이다. 동생들 자는 얼굴을 번갈아가며 바라보니 또 눈물이 한없이 흐른다.

그러다가 날이 밝아 아침이 되었다. 아침을 먹은 후 아버지가 편지 한 통을 내게 건넸다.

"잘 읽어 보아라. 실수하면 안 된다. 몸에 꼭 지니고 다녀야 한다."

큰형님 편지였다. 나는 편지를 자세히 읽어보았다.

'교토행 기차를 타고 고베 다음의 산노미야(三宮)역에서 내려라. 그러면 내가 역으로 마중 나간다.'

큰형님이 상세하게 지도까지 그려 보내왔다.

이윽고 저녁이 되었다. 노인이 찾아왔다. 노인은 밤 12시까지 뱃머리에서 기다리겠노라 하며 집을 나간다.

— 34 —

어머니가 나를 부른다. 아버지와 어머니 그리고 나뿐이다. 동생들은 제각기 방에 들어가서 자는 모양이다. 어머니가 보따리를 들고와, 학생복을 꺼내어 입어보라 한다. 그리고 고무신 새것을 신어보라고 한다.

"이것은 찰떡이고, 이것은 곶감이고, 이것은 말린 고기다. 가지고 가서 네 형님들하고 잘 먹어라. 네 신발 꼴이 말이 아니라서 새것을 사왔다. 신고 가거라. 옷도 이 학생복을 입고."

어머니는 손수 옷을 입혀준다. 그런데 신기하게도 어머니는 태연하다.

'그토록 많이 흘리시던 눈물은 어디로 갔을까?'

1932년. 내 나이 열네 살 때의 일이다. 동생 창민이가 열한 살, 순이가 일곱 살, 창수가 네 살, 창제가 한 살 때다.

— 35 —

이제 출발이다. 어머니는 막내 창제를 업는다. 아버지는 방 안의 호롱불을 끈다. 나는 얼른 방문을 열었다. 방이 캄캄하다. 동생들 얼굴이나 한 번 보고 이불을 덮어두고 싶어서였다. 그런데 어두워서 잘 보이지 않는다.

"아이들이 깨면 안 된다."

아버지는 내 손목을 잡고 집을 나섰다. 뱃머리로 왔다. 아직 시간이 있다. 노인도 왔다. 그리고 어머니가 단물을 사준다. 나는 많이 먹었다.

시간이 되어 나는 배에 올랐다. 노인도 탔다. 노인은 배 안으로 들어가고, 나는 배 앞머리에 섰다. 창제는 어머니가 안고 있다. 자는지 깼는지 알 수 없다. 뱃고동 소리가 나면서 배는 서서히 물러선다. 손을 흔든다.

'아! 아버지, 어머니께서 주저앉지 않는가! 땅바닥을 치고 울고 있지 않는가!'

나는 미치겠다. 배에서 뛰어내리고 싶다. 배는 멀리 남망산 옆을 지난다. 나는 한없이 울었다. 선원이 다가와 배 안으로 들어가라고 재촉한다. 나는 배 안으로 들어가 노인 옆에 앉았다. 하지만 자꾸만 눈물이 난다. 노인은 나를 위로한다.

"사람이 살다보면 이런 일 저런 일이 많다. 일본 가거든 열심히 배우고 일하여야 한다. 이제 울어보아도 소용없다."

나는 노인 따라 일본 가는 것이 잘 되었다고 안심하였다. 배는 새벽녘 부산에 도착했다.

사람들이 많이 나와 "여관 가요!", "하숙 가요!" 외치며 우리를 이끈다. 노인은 어느 사람에게 다가간다. 나도 따라갔다. 여관이다. 노인과 나는 방으로 들어갔다. 한참 있으니 밥상이 들어온다. 흰밥에 반찬이 여러 가지다. 밥을 먹으려하니 동생들 생각이 나 밥이 넘어가지 않는다. 반도 못 먹고 상을 물렸다. 조금 있으니 어떤 청년이 들어와 말을 건넨다.

"노인께서 증명서와 차비를 내주면 제가 수상(水上)경찰서까지 가서 도장을 받고 차표도 사오겠습니다."

나는 노인을 따라 증명서를 내주었다. 차비는 주지 않았다. 어머니가 차비라며 쥐어준 3원은 꼭 감추고 있었다.

그러나 그 청년은 오지 않았다. 시간은 7시가 넘었다. 걱정이다. 노인을 보니 옆에 누워 잔다. 나는 보따리를 들고 밖으로 나왔다. 그리고 사람들에게 물어서 수상경찰서 앞까지 갔다. 많은 사람들이 길게 줄을 서 있다. 나는 그 청년을 찾았다. 그 청년도 줄에 서있다. 나는 그 청년을 붙들고 "내 증명서 내놓으라!"고 울면서 달려들었다. 그 청년은 할 수 없이 내게 증명서를 내준다. 나는 받아서 줄에 섰다. 한참 있더니 경찰관이 나와서 일일이 도장을 찍는다. 내 차례다. 나도 도장을 받았다. 그리고 차표도 샀다. 그런데 어디로 가야 할지 알 수가 없었다.

'옳지, 저쪽으로 사람들이 많이 들어가는데?'

나도 얼른 그 사람들 틈에 끼었다.

— 36 —

사람들은 큰 여관방 같은 곳으로 들어갔다. 나도 따라 들어갔다. 일본식 다다미방이 참 넓다. 사람들은 제각기 짐을 놓고, 눈 뜬 사람,

이야기하는 사람, 방은 만원이다. 나도 앉았다. 흰 옷 입은 사람들이 "벤또 사시오!" 외치며 다닌다. 사먹는 사람도 많았다. 그러나 사람들은 모두 태연하다. 시간은 자꾸 흐른다. 암만 있어도 매한가지다. 시간을 보니 10시가 넘었다.

'어, 11시가 다 되어 가는데?'

보따리를 들고 밖으로 나왔다. 나는 놀랐다.

'이것은 연안선이 아니고 큰 배다! 굉장히 큰 배다!'

소리도 없다.

'아! 이 배가 바로 말로만 듣던 연락선(釜關連絡船)이구나!'

보따리를 안고 배 앞에서 뒤까지 혼자 돌아다닌다. 뱃전에는 '창경호(昌慶丸, SHOKEIMARU)'라고 적혀있다. 그때 한 사람이 오늘은 바람도 없고 배도 흔들리지 않고 조용히 잘도 간다 하며 여러 사람들과 이야기를 나누고 있다. 이때 한 사람이 나를 보더니 묻는다.

"너는 어디 가느냐?"

"일본 갑니다."

"이 배는 일본 가는 배다. 그런데 일본 어디까지 가는가?"

"고베까지 갑니다."

그 사람은 고개를 끄덕한다.

'아차!'

그때서야 나는 문득 그 노인을 떠올렸다.

'그 노인은 어디 갔을까?'

선실마다 찾아보아도 보이지 않는다. 나는 실망했다. 결국 노인을 찾지 못하고 단념했다. 선원들이 모두 배 안에 들어가라고 한다. 나는 선실로 들어왔다. 모두 누워 자고 있다. 나는 보따리를 안고 꾸벅꾸벅 자버렸다.

— 37 —

기차는 말없이 잘 달린다.

역마다 표시판이 있는데, 고베역이나 산노미야역은 보이지 않는다. 시간은 자꾸 흐른다. 오전 9시가 다 되었다.

나는 하는 수 없이 봉투를 내 옆 사람에게 보여주었다. 무어라고 말하는지 나는 도무지 알아들을 수가 없다. 답답하다. 근 10시간이나 달리는데, 자버린 시간동안 역을 지나 시모노세키로 되돌아가는 것은 아닌지 걱정이다. 수없이 역을 지나는데, 배는 고프다. 먹지 않았으니 대소변도 나오지 않는다.

'에라, 모르겠다. 어디라도 가자. 이 기차에서 절대 내리지 않을 것이다.'

나 혼자 배짱이다.

그럭저럭 지나니 10시가 넘어 기차가 또 선다. 표시판을 보니, 드디어 고베역이다. 나는 기뻤다. 얼른 기차에서 내렸다. 사람들은 제각기 플랫폼으로 내려간다. 나는 큰형님을 찾는다. 아무리 찾아도 큰형님은 보이지 않는다. 플랫폼으로 사람들은 다 내려가고 나 혼자다. 나도 플랫폼으로 내려왔다. 표를 주고 밖으로 나왔다.

'어디로 가야 큰형님을 뵙나. 큰형님은 언제나 바쁜 사람이다. 그러니 나오지 못하셨구나. 내가 형님을 찾아가야지.'

　노면전차를 탔다.

　처음 보는 전차다. 자동차도 가지각색으로 많이 다닌다. 전차는 골고루 탔고, 약 한 시간 지나서야 종점 스마(須磨)라는 곳에 다다랐다. 사람들이 다 내린다. 나는 맨 나중에 내렸다. 그러나 갈 곳이 없다.

　조금 있으니 타고 온 전차가 출발한다고 한다. 나는 그 전차에 올라탔다. 전차는 달린다. 약 2시간 정도 달리다가 종점에 섰다. 사람들이 다 내린다. 나도 내린다. 그러고 보니 앞에 철길이 없다. 여기가 종점인 카미츠츠이(上筒井)다.

— 38 —

　그 전차를 다시 타고 종점인 스마까지 되돌아왔다.

　나는 오전 10시 넘어 탄 전차로 카미츠츠이에서 스마까지 왔다갔다 되풀이하였다. 어느덧 오후 5시가 넘어 해가 지려 한다.

　스마에서 또 전차를 탔다. 차장이 나를 쳐다본다. 나도 차장을 쳐다본다. 차장은 나를 보고 웃으며 무어라고 말을 건넨다. 나도 웃으면서 머리를 꾸벅하였다. 그러나 말은 알아들을 수가 없다. 나는 얼른 봉투를 꺼내어 차장에게 주었다. 차장은 웃으며 나를 차장 옆에 앉으라고 손짓한다. 나는 거기 앉았다.

　전차는 달린다.
　산노미야(三宮)역 앞에서 전차가 섰다. 차장은 나를 데리고 안내원에게 무어라 말을 한다. 그리고는 차장은 전차를 타고 떠났다. 안내원은 나를 자꾸 쳐다본다. 전차가 하나 왔다. 나더러 타라고 한다.
　나는 시키는 대로 전차에 올라탔다. 안내원과 그 전차의 차장이 무어라 말을 하고 있다. 그리고 차장은 나를 차장 옆에 앉힌다. 나는 앉았다. 전차는 다른 길로 간다.
　얼마 지나지 않아 종점 카스가노미치(春日野道) 정류소에 도착하였다. 사람들이 다 내린다.
　차장은 나를 데리고 사무실로 들어갔다. 차장은 안내원에게 무어라 말을 한다. 차장은 갔다. 조금 있으니 안내원은 나를 데리고 저만치 걷더니 붉은 색깔 전차 차장에게 다가가 말을 하고 있다. 안내원은 이 전차를 타라고 시늉한다.
　나는 시키는 대로 탔다. 그러나 내가 타고 다닌 전차는 푸른 색깔인데, 이 전차는 붉은 색깔이다. 사방이 어둡다. 전깃불이 요기저기 비치고 있다. 붉은 색깔 전차가 달린다. 종종 선다. 나는 창밖으로 표시판만 본다. 전차는 몇 정거장을 지나 또 섰다.

표시판을 보니 '御影(미카게)'라는 글자가 보인다. 나는 얼른 내린다. 그리고 달린다. 기차 값을 못주고 내렸으니 말이다.

나는 뒤돌아보았다.

차장은 손을 흔드는 모양인데, 나는 이리 오라고 하는가 싶어 더 달렸다. 뒤돌아보니 전차는 저 멀리 가고 있다. 한숨을 쉬고 사방을 둘러보니 전부 들판이다. 나는 어디로 갈까 하고 무작정 걷는다. 한참 걸으니 집이 보이고 학교도 보인다. 나는 학교 있는 곳으로 걸어갔다. 학생 몇몇이 있다. 나를 보고 우르르 몰려온다. 나는 도망갔다.

정처 없이 걸으니 사람이 다가온다. 나는 얼른 봉투를 꺼내 그 사람에게 보였다. 그 사람은 말없이 고개만 흔든다. 가버렸다. 나는 또 걸어간다.

저쪽에서 웬 부인이 걸어온다. 나는 얼른 봉투를 꺼내 보인다. 그 부인은 한참 나를 보더니 따라오라 손짓한다. 나는 그 부인 뒤로 따라간다. 전부 들판이다. 밭길, 논길을 걸어 한참 따라가니 집이 많이 보인다. 그 부인은 큰집으로 들어갔다. 그리고 '여기 있으라' 손짓한다. 사방을 둘러보니 '東明溫泉(도메이 온천)'이라는 간판이 보인다. '아, 찾았다! 기쁘다.'

그 부인은 보이지 않고 주인으로 보이는 사람이 조그마한 문을 열고 나를 쳐다본다. 조금 있으니 작은형님이 나온다. 살이 찌고 훤칠해졌다. 언뜻 보니 알아보지 못하겠다.

"형님!"

나는 반가운 마음에 얼른 다가선다. 작은형님은 냉정하다.

"시끄럽다. 이리 따라오너라."

집 뒤로 돌아간다. 나는 따라간다. 목욕탕 물 끓이는 아궁이가 있다. 큰 물탱크와 여러 가지 파이프가 연결되어 있다.

"이 꼬락서니가 뭐꼬? 남부끄러워 안 되겠다. 어서 방에 들어가라. 큰형님은 너 때문에 얼마나 걱정하고 있는지 아냐, 이 병신새끼야. 형님은 너 때문에 역에 몇 번이고 나갔다. 지금도 역에 나가고 없다."

작은형님은 나를 밀어 방에 앉혀놓고 나가버렸다. 나는 서러웠다. 나는 보따리를 안고 앉아 있다가 잠이 들었다.

얼마나 잤는지는 모르겠다. 누가 나를 깨운다.

"한아, 창한아!"

큰형님이 나를 깨우는 것이다. 나는 왈칵 형님 손을 잡았다.

"큰형님!"

눈물이 태산같이 흐른다.

"너 온다고 얼마나 고생 많았노?"

큰형님도 눈물짓는다.

"내가 적어 보낸 편지 못 받았나? 어디로 어떻게 찾아왔나? 어머니와 아버지 안녕하시고? 동생들도 잘 있더냐?"

나는 말없이 편지를 형님께 내밀었다. 형님은 놀란다.

"몇 시에 역에 닿았나?"

나는 서러워서 말을 잇지 못하였다.

"그럼 오늘은 잘 자고 푹 쉬어라. 내일 이야기하자."

그때 작은형님이 들어왔다. 나는 어머니가 싸준 보따리를 큰형님에게 내어놓았다.

"어머니께서 싸주시면서 '단단히 가지고 가서 형님들과 잘 먹거라' 하셨습니다."

보따리를 풀었다.

'헉, 이게 웬일이냐!'

곶감, 마른고기는 보이지 않고 범벅이 되어 있었다.

"아! 범벅이다."

큰형님이 웃는다. 작은형님은 막 화를 내며 나무란다.

"이것 뭐라고 가지고 왔나?"

나는 할 말이 없다. 이틀이나 안고 꼬부라졌으니 범벅이 될 수밖에. 큰형님은 조금 떼어가지고 입에다 넣는다.

"아, 맛있다!"

작은형님도 주고 나도 준다. 범벅 떡이 되어 있는 것은 좋지만 생고 기내가 나서 못 먹겠다. 작은형님은 얼굴을 찌푸린다.

"이것이 무엇이고?"

"어머니께서 우리 먹으라고 보낸 선물이지."

"나는 못 먹겠소."

"그럼 내가 다 먹지! 너희들은 안준다."

큰형님은 다 가지고 방 한구석에다 놓아둔다.

"참 희한한 선물이다!"

큰형님과 작은형님, 나 셋이서 크게 웃었다. 나는 아주 기쁘다. 신이 난다.

— 41 —

밤 12시경이 되었다.

"배고프지?"

큰형님이 묻는다. 나는 고개를 끄덕했다.

"밥 먹으러 가자."

큰형님은 나를 데리고 어느 음식점으로 들어갔다.

"뭐 먹을래?"

내가 아무 말도 하지 않으니, 형님은 우동을 권한다. 나는 이때까지 말만 들었지 우동이 무엇인지 몰랐다. 나는 고개를 끄덕했다. 조금 있으니 뚱뚱한 사람이 우동을 가지고 왔다. 그 사람을 보니 큰형님과 나를 보태도 모자랄 만큼 큰 사람이다. 나는 덜컥 겁이 났다. 가지고 온 '우동'을 보아하니 이것은 국수다. 내가 제일 싫어하는 국수다. 큰형님은 그 사람하고 한참 이야기하고 있다. 그런데 나는 생각했다.

'이 국수를 내가 못 먹으면 큰 사람이 우리 큰형님을 해칠 것이다.'

'싫어도 먹어야지!'

나는 근근이 다 먹었다. 그런데 큰형님은 그것도 모르고 또 권한다.

"동생, 배가 많이 고팠겠다. 또 한 그릇 더 먹어라."

나는 말도 못하고 큰 사람만 쳐다본다. 큰형님이 말하니 또 그 사람이 우동을 가지고 왔다.

'이것 참 큰일이다.'

큰사람은 또 형님하고 이야기한다. 나는 큰 사람과 큰형님을 번갈아 가며 보면서 필사적으로 먹었다. 그러니 도무지 일어나지를 못하겠다.

"이제는 되었다."

큰형님은 나를 데리고 그 가게를 나왔다. 나는 길모퉁이에서 전부 토하고 말았다. 힘이 하나도 없다.

"천천히 먹지. 체했구나?"

큰형님은 내 등을 두드려주고 약을 사왔다. 나는 먹었다. 기운이 하나도 없다. 집으로 왔다. 큰형님이 목욕하라 한다. 나는 목욕을 하였다. 나는 하룻밤을 잘 잤다.

— 42 —

아침이다.

큰형님이 밥 먹자 하여 그 집 식탁에서 밥을 잘 먹었다. 일본 집에서는 대략 아침밥은 식은 밥이다. 미소시루와 식은 밥을 먹어보니 참 맛있었다. 내가 처음 먹어보는 일본 된장국이다. 나는 공기로 서너 그릇을 먹었다. 기운이 난다.

"이발소로 가자."

큰형님이 나를 이끈다. 그런데 내 고무신이 보이지 않는다.

"큰형님, 내 신이 없습니다!"

큰형님이 작은형님에게 물어보니, 창피해서 작은형님이 아궁이에다가 태웠다고 한다. 나는 왈칵 눈물이 난다.

"어머니께서 큰맘 먹고 사주신 내 신인데. 내 새 고무신!"

엉엉 울었다. 큰형님은 나를 달랜다.

"울지 마. 좋은 운동화 사줄게."

나는 얼른 울음을 그친다. 그리고 이발도 하고 새 운동화도 사서, 이내 기분이 좋아진다. 지금 돌이켜 생각하니 참으로 아이는 아이인 모양이다.

— 43 —

나는 형님들을 만나니 마음이 든든하다. 아무것도 부럽지 않다. 며칠을 잘 놀고 잘 먹었다.

또 며칠이 지났다. 큰형님이 새 옷을 사와 입혀준다.

"오늘부터 남의 집에서 일해야 한다."

큰형님과 함께 그 집을 나왔다. 그리고 모자 가게에 들러 학생 모자를 샀다. 새 옷, 새 운동화, 새 모자. 나는 기쁘다.

큰형님과 붉은 색깔 전차를 타고 히가시고베(東神戶)역에서 내린다. 그리고 큰형님과 이야기하면서 새로 일할 집으로 향한다. 나는 큰형님에게 우동집 뚱보 아저씨 이야기를 하였다. 형님은 크게 웃는다.

"하하! 사람은 커도 참 좋은 사람이다."

나는 안심하였다.

이윽고 내가 일하게 될 집에 도착하였다. 보아하니 목욕탕이다. 굴뚝에 '熊内湯(쿠모치탕)'이라 적혀 있다. 동네가 조용하고 집들이 잘 정돈되어 있다. 큰형님과 나는 목욕탕 뒷문으로 들어갔다. 큰형님이 부르니 형님보다 나이가 조금 많아 보이는 사람이 나와 형님과 정답게 이야기를 나눈다. 그리고는 형님이 나를 그 사람에게 소개한다.

"인사드려라."

나는 정중하게 절을 하였다. 그 사람이 바로 이 목욕탕의 번두(番頭)[1]다. 그리고 셋이서 함께 이 집 주인을 방문하였다. 주인은 나를 한참 바라보더니 이내 웃는다. 옆의 부인도 따라 웃는다.

'노부부시구나.'

나는 생각하였다. 큰형님과 번두 그리고 주인 셋이서 한참 무어라 이야기를 하며 웃는다. 그리고는 음식대접을 잘 받았다. 나는 이 집에서 일하게 되었다.

"내 종종 올 것이니 이 아저씨 말씀 잘 듣고 일 잘 하여라."

큰형님은 번두에게 신신당부하고 돌아갔다. 나는 서운하다. 눈물이 난다. 번두 아저씨가 나를 데리고 집으로 돌아왔다.

"아무 걱정 없다. 일본말 몰라도 내가 다 가르쳐줄 테니 안심하고

---

1) 원래 병졸 중에서 우두머리를 일컫는 역사 용어로서, 여기서는 일본식 목욕탕에서 카운터를 보고 잡일을 보는 사람을 의미

내가 하라는 대로 하거라."

'참 좋은 아저씨구나.'

나는 다행으로 여기고 마음을 잡고 열심히 일하기로 작정하였다.

— 44 —

그 집에는 아무도 없다. 주인 노부부, 아저씨, 나뿐이다.

주인은 나를 자식처럼 생각하고 사랑하여 주었다. 나는 일하면서 종이에다 그림을 그리고 글을 써서 '이것이 무엇이고?' 물으며 열심히 배우니 이내 일본말을 많이 알아듣고 말도 곧잘 하게 되었다. 그리고 일은 고되지만 밥을 많이 먹으니 살도 찌고 몸도 훤칠해졌다. 모두가 나를 좋아하고 손님들도 나를 좋아한다. 하지만 늘 잠이 모자란다. 밤 1시까지 일하고 아침 5시에 일어나니 불과 4시간 정도밖에 잠을 못 잔다. 그러나 그것도 습관이 되어서 문제없다. 큰형님도 마찬가지다. 일은 고되고 잠이 모자라니 매일같이 눈이 아프다. 그리고 부어있다. 큰형님은 종종 와서 나를 위로하고 간다.

어느덧 한 달 치 월급을 받았다. 나는 5원을 받고 기뻤다. 목욕탕은 한 달에 한 번 휴일이 있다. 나는 월급으로 받은 5원을 가지고 큰형님을 찾아간다. 5원을 큰형님께 내놓았다.

"고생 많지?"

"아무 걱정 없습니다. 나 살도 많이 찌고 키도 많이 컸습니다. 일도 재미있고요. 일본말도 잘합니다. 형님은 안심하시오."

큰형님은 나를 데리고 과자가게로 갔다. 휴일에는 주인이 잡비 명목으로 50전을 준다. 큰형님과 맛있게 먹고 놀다가 집으로 돌아왔다.

— 45 —

세월은 흐른다. 내 나이 열대여섯 살 때다.

큰형님은 직장을 옮겼다. 작은형님과 따로따로 직장을 잡았다. 나는 그대로 그 목욕탕에 있었다. 종종 고향 생각이 나서 나는 남몰래 자주 울었다.

'엄마, 엄마!'

하루는 큰형님이 찾아왔다. 큰형님을 보니 눈물이 난다.

"오늘따라 웬 눈물이고?"

"고향 생각, 엄마와 동생 생각이 나서 종종 눈물이 납니다."

"그럴 거야. 나도 생각 많이 난다. 내가 가서 부모님과 동생들 다 데리고 와야겠다."

나는 눈이 번쩍 뜨인다.

"큰형님, 정말이에요? 그럼 얼른 조선 가서 큰형님께서 일본으로 모시고 오시오!"

"나, 꼭 모시고 온다."

나는 기뻐서 어쩔 수가 없다.

나는 작은형님을 찾아다닌다. 작은형님은 이 집에서 저 집, 저 집에서 또 저 집, 잘도 바꾸어 다닌다. 작은형님을 만나면 할 말도 많고 반갑다.

"형님!"

"여기 뭘 하러 왔나? 가거라. 어서 가거라. 날 찾아오지 말거라."

괜히 역정이다. 나는 실망이다. 왜 작은형님은 날 싫어하는지 통 모르겠다. 돌아선다. 발이 안 떨어진다. 한마디 하고 오려고 해도 한마디 말도 못하고 돌아서니 눈물만 난다.

— 46 —

어느 날 큰형님이 나를 찾아왔다.

"동생, 나 조선 나간다. 고향 가서 모든 것 정리하고 아버지, 어머니, 동생 모두 모시고 올 터이니 그리 알고. 거기서 편지를 보낼 것이니 몇 날, 몇 시 산노미야역에 도착한다고 통지하면 동생은 그리 알고 작은형님 찾아가 자세히 말하여 같이 역에 나오너라."

아버지, 어머니, 동생들 증명사진을 한 장씩 내게 쥐어주고 큰형님은 일본을 떠났다.

나는 사진을 받아들고 한없이 울었다.

— 47 —

어느덧 날짜가 흘러 큰형님으로부터 편지가 왔다. 나는 편지를 가지고 작은형님을 찾으러 나섰다. 작은형님이 일한다는 집을 찾아 헤맸지만 도무지 알 길이 없다. 은근히 물어보니 내선협화회(內鮮協和

會)라는 각 목욕탕 직원소개소의 대기실에 있다고 한다. 그리 가보
라고 하여 나는 처음으로 협화회라는 곳까지 찾아갔다.

물어보니 직원이 2층으로 가보라 한다. 올라가보니 몇몇 사람이 있
다. 내가 "형님, 형님!" 하고 몇 번 부르니 한참 있다가 "누고?" 하면
서 형님이 일어났다. 나는 어이가 없었다.

"형님!"

"너, 뭣 하러 왔나? 가지 못해? 어서 가거라."

나는 기가 막혔다.

"형님, 다름이 아니고 몇 날 몇 시에 아버지, 어머니, 동생 모두 큰형
님이 모시고 산노미야역에 닿습니다. 그러니 형님, 같이 역으로 나갑
시다."

작은형님은 막 화를 낸다.

"모두 와서 뭣 해? 내 생각해보고 역에 나갈 터이니."

나는 작은형님에게 돈 2원을 건넸다. 그리고 협화회라는 곳에서 나
왔다. 나는 생각했다.

'작은형님께서는 학교 다닐 때 공부도 잘하고, 집안에서 귀염 받고
자란 형님인데. 어찌하려고 다 떨어진 담요를 둘러싸고 저리 고생하
는고.'

차라리 안 보느니만 못하다.

— 48 —

드디어 1주일이 지나 그날이 왔다. 오전 10시 25분, 산노미야역 도

착이다.

　나는 주인과 번두 아저씨께 말씀드리고 바삐 역으로 나갔다. 플랫
폼으로 올라갔다. 그러나 작은형님은 보이지 않는다. 안타깝다. 기
가 막힌다.

　기차는 정각에 역에 닿았다. 큰형님, 아버지, 어머니, 동생들, 차례
로 내린다.

　"엄마!"

　나는 어머니를 보는 순간 달려갔다.

　"니가 누꼬? 니가 창한이냐?"

　어머니가 나를 덥석 안는다. 나는 아버지도 불러본다. 아버지 눈에
눈물이 괸다.

　"아버지, 아버지!"

　아버지를 안았다. 동생 창민이 나를 보고 "형님!" 하고 웃는다. 나
머지 동생들은 나를 물끄러미 쳐다만 본다. 막내 창제를 벌떡 안으
니, 몸부림을 친다.

　"자, 내려가자. 그런데 동생. 네 작은형님은 왜 역에 안 나왔나?"

　큰형님이 혀를 찬다. 역 밖으로 나왔다. 각자 보따리를 들고 큰형님
이 마련한 조그마한 집에 들어섰다. 역에서 약 2정목(丁目) 거리다.
그 후 큰형님은 키타혼마치(北本町) 3정목으로 집을 옮겼다.

— 49 —

　어느덧 열일곱, 열여덟 살이 되었다.

나는 쿠모치탕 일을 그만두고 다른 목욕탕으로 직장을 옮겼다. 큰 형님도 아오타니 온천(靑谷溫泉) 일을 관두고 토목직으로 옮겨갔고, 작은형님도 집으로 돌아와 공사장에 나간다. 어머니는 집에서 가정 부업을 하고, 아버지도 종종 공사장에 나간다.

　나는 고베 히라노쵸(平野町)에 있는 '타케노유(竹の湯)'라는 목욕 탕의 번두가 되어 일하였다. 공기 좋고 고급공무원이 많이 사는 조용한 동네다. 이 동네 부근에는 오쿠라야마(大倉山)라는 작은 언덕 모양의 산이 있다. 이때 이 지명을 따서 큰형님이 내게 오쿠라 토요 조(大倉豊三)라는 일본식 이름을 지어주었다.

　주인 부부는 자식이 없다. 다들 나를 사랑하여 "공부 좀 하라" 한다. 주인은 중학교 강의록을 매달 받아와서 내게 공부를 가르쳐준다. 나는 열심히 공부하였다. 그리고 영어 타이핑도 배우러 다녔다. 그때 동생 창민도 한자 타이핑을 배우러 다녔다. 만약 내가 그 시절에 공부를 하지 않았더라면 영영 까막눈 신세를 면치 못하였을 것이다.

　나는 휴일이 돌아오면 주인이 주는 잡비 1원으로 아버지의 1개월 치 담배와 술을 사서 집으로 간다. 아버지는 휴일에는 반드시 집에 있다.

— 50 —

　동생 창민은 미술학교에 다니고, 순이는 아즈마(吾妻) 소학교에 다녔다.

하루는 동생 창수가 행방불명이다. 온 집안이 발칵 뒤집혔다. 하루, 이틀이 지나도 아이는 나타나지 않는다. 큰형님은 각 파출소마다 신고를 해두고 자전거를 타고 온 시내를 돌아다닌다. 나도 주인에게 사정을 말하여 집으로 와서 사방으로 찾아다녀도 도무지 찾을 길이 없다.

사나흘이 지났다. 어머니는 미친다. 땅을 치고 길에서 울고불고 야단이다. 동생들은 어머니가 저리 야단이니 따라서 벌떼같이 운다.
'이 무슨 운명의 장난인가!'
하늘을 우러러보고 한숨이요, 눈물뿐이다.
나는 화가 나서 작은형님을 찾는다. 작은형님은 지금 온 집안이 야단인데 어디로 갔는지 이웃사람에게 물어도 다 모른다고 한다. 그런데 한 사람이 근처 한약방에 가보라 한다. 나는 그리로 가보았다. 작은형님은 거기 골방에 누워있었다. 나는 울화통이 터졌다. 당장 올라가 고래고래 소리를 질렀다. 작은형님이 내 뺨을 때린다. 나는 그길로 집으로 돌아왔다. 아버지는 요강에다 피를 토한다.
"아버지, 진정하세요!"
나는 아버지 등을 두드리며 울부짖는다.
"이 무슨 날벼락인가! 우리들은 지금껏 아무 죄 지은 일도 없는데. 가난이 죄다!"

하늘이 돌보아주신 것인가. 내 동생 창수는 6일 만에 집으로 돌아
왔다.

경찰관이 묻고 물어서 동생 창수를 집까지 데리고 온 모양이다. 참
고마운 경찰관이다. 동생이 돌아오니 온 집안이, 이웃사람들이 모두
눈이 번뜩하였다.

어머니는 동생 창수를 불끈 안았다. 동생은 무슨 말이 그리 많은지
엄마 어쩌고저쩌고 말을 참 잘도 한다. 어머니는 창수를 안고 웃다
가 울다가 어쩔 줄 모른다. 아버지도 웃고, 큰형님도 웃고, 잠깐 사이
우리 집안에 웃음꽃이 활짝 피었다.

나는 하늘로 올라간 기분이다. 나는 다시 히라노쵸에 있는 목욕탕
으로 돌아왔다.

나는 여전히 틈나는 대로 공부하였다. 어느 날 주인집에 같이 일할
아가씨가 새로 들어왔다. 바로 주인의 큰형 딸이다. 이 아가씨 집은
농촌이고 부농 집안이라 머슴이 여럿 있고, 바구니 짜는 공장도 하
고 있어 넉넉한 형편이라고 한다. 그런데 이 아가씨는 소학교만 나
오고 "상급학교는 안 간다"며 집에서 고집만 부린다고 한다. 둘째딸
에다가 말괄량이라, 하는 수 없이 고베에 사는 동생 집으로 데리고

와서 "밥 짓고 심부름하는 일을 가르쳐서 사람 좀 만들어달라"고 부탁하였다고 한다.

한편 어머니가 큰형님더러 큰외삼촌과 작은외삼촌을 일본으로 데리고 와 달라고 하도 조르니 하는 수 없이 큰외삼촌과 작은외삼촌까지 일본으로 데려오게 되었다. 그래서 나는 외사촌 동생 현석이를 데리고 함께 일하고 있었다. 그런데 이 아가씨와 동생 현석이가 만나기만 하면 싸우니 주인이 싫어한다. 나는 어쩔 수 없이 3개월 만에 현석이를 집으로 돌려보냈다.

하루는 아가씨의 아버지가 찾아왔다. 주인이 나를 부른다. 가보니 주인이 아가씨의 아버지라고 소개한다. 아가씨의 아버지는 나를 보더니 신신부탁한다.

"우리 딸 녀석 잘 부탁한다."

"염려 마십시오."

나는 안심시켰다. 아가씨의 아버지는 돌아갔다. 그 후로도 종종 다니러 온다.

나는 여느 날과 마찬가지로 공부를 하고 있었다. 몇 개월이나 같이 있어도 내 옆에는 오지 못하였는데, 어느 날 아가씨가 과일과 과자를 가지고 와서 떨리는 목소리로 말을 건넨다.

"오쿠라 상, 과일과 과자 잡수시오."

"고맙다."

사례하고 나는 받아먹었다. 그 후로도 종종 잘 가지고 온다. 그러더니 자기도 공부 좀 가르쳐달라고 졸라댄다. 나는 승낙하고 종종 같이 공부하였다. 주인도 잘 알고 둘이서 열심히 공부하라 한다.

날이 흘러가니 우리 둘은 정이 들고 말았다. 둘이서 꼭 안고 뒹군다. 이것이 첫사랑이다. 나는 열일곱 살, 아가씨는 열여섯 살이다. 이것이 나의 첫사랑이자, 첫 연애다. 날이 갈수록 둘 사이의 정은 더 깊어졌다.

— 53 —

인생 운명은 아무도 모른다.

하루는 비가 사흘 동안 억수로 퍼부었다. 사방에서 물난리다[2]. 나는 집 걱정이 태산이다. 위험을 무릅쓰고 저 먼 길을 달린다. 자동차도, 전차도, 아무것도 다니지 못한다.

우리 큰집은 키타혼마치 3정목. 이쿠타가와(生田川) 공원 부근에 있으며, 바로 새로 건설한 큰 내 옆이다. 이 물이 키타혼마치로 흘러가면 키타혼마치 3정목은 죄다 물에 떠내려갈 것이다. 사방이 물바다요, "사람 살려!" 아우성이다. 집은 산산이 흩어지고, 산은 무너지고, 수원지는 터지고, 산의 나무는 뿌리 채로 흘러내리고, 어디서 나오는지 큰 바위가 굴러 내려오니 그야말로 아수라장이다. 나는 필사적으로 물바다를 건너서 마침내 집에 도착했다.

---

2) 1938년 7월 3일~5일 발생한 기록적인 폭우로 인한 물난리를 말함. 일명 '한신 대수해(阪神大水害)'

집에 와보니 모두가 무사하다. 나는 안심하였다.

만약 물이 이쿠타가와(生田川)로 흘렀더라면 아무것도 남아있지 않았을 것이다. 물은 새로 건설된 이쿠타가와 상류에서 막히고, 예전에 흐르던 산노미야역 쪽 소고 백화점 있는 곳으로 흘러갔기 때문이다.

고베에는 전부 5개의 하천이 있는데, 모두 다시 건설하여 인위로 새 하천을 만들었다. 그러나 이로 인해 5개의 하천이 모두 상류에서 막히게 되어 물은 예전에 흐르던 대로 흘렀으니, 이로 인해 도리어 민간의 피해는 더 컸다 하였다.

— 54 —

나는 집에 며칠 머물다가 히라노쵸로 돌아왔다. 물 때문에 문도 열지 못하여 목욕탕은 휴업 중이다.

하루는 연도(煙道)에 가득찬 물을 퍼내고 불을 피우니, 불은 꺼지고 연도에는 다시 물이 꽉 찼다.

'하는 수 없구나.'

체념하고 나오는데, 부인과 아가씨가 밥을 짓고 있다.

"부인, 안되겠소."

그때 갑자기 쉭쉭거리는 소리가 나더니 큰 물탱크가 내려앉고 말았다.

"꽝!"

큰 소리에 놀라 나는 밖으로 뛴다.

"오쿠라 상!"

부인과 아가씨는 큰소리를 지른다. 나는 정신이 없다. 멍하니 서있으니 아가씨가 다가와 부른다. 나는 정신을 차린다. 주위를 살펴보니 온통 엉망이다.

"다행이다, 참 다행이야."

주인은 내 손을 잡으면서 눈시울을 적신다.

'살았다!'

나도 기쁜 마음에 눈물이 난다.

— 55 —

하지만 집수리와 탱크를 교환하는데 상당한 시일이 소요되게 되었다. 주인은 엉망이 된 목욕탕을 바라보며 말했다.

"집 정리를 하고나면 다른 곳으로 옮겨야 한다. 이 목욕탕은 셋집이다."

그렇다. 이별의 시간이 다가온 것이다. 주인의 이름은 니시카와 타미노스케(西川民之助), 아가씨의 이름은 니시카와 카네코(西川金子)다.

카네코는 자기 고향으로 돌아간다고 한다. 나는 가슴이 아프다. 나는 카네코를 비밀리에 불렀다. 둘이서 부둥켜안고 실컷 울었다.

"우리가 또 만날 날이 있을 것이다."

우리는 헤어졌다. 이것이 영영 이별이 되었다. 나의 첫사랑이다.

나는 짐을 정리해서 집으로 돌아왔다. 모든 것이 허무하고 슬프다. 이불을 덮어쓰고 울었다.

'연인과의 이별이란 이렇게도 슬픈가!'

눈물이 자꾸 났다.

"아가, 어데 아프나?"

어머니가 이불을 젖힌다. 그리고 묻는다. 나는 더 슬퍼서 더 운다.

"이거 큰일 났구나!"

어머니는 놀라며 큰형님과 작은형님을 데리고 왔다.

"어디 아프나? 일어나서 말 좀 해라. 어디가 아프노?"

큰형님이 내게 물었다. 그래서 형님들에게 다 털어놓았다. 작은형님은 크게 웃는다. 나는 기가 막힌다.

"하하! 난 또 뭐라고. 그까짓 여자, 열 명도 백 명도 주울 수 있다. 그까짓 거 가지고 울고불고하느냐? 이 바보야!"

작은형님이 놀린다. 큰형님은 위로한다.

"원래 첫사랑은 즐겁고 가슴 아픈 것이 많다. 이제 잊어버리고, 용기내고, 다시는 다른 여자하고 연애하지 마라. 우리 한이(창한이)도 어른이 되어 가는구나."

어머니는 형님으로부터 내 이야기를 전해 듣고 웃음을 활짝 지으며 기뻐한다.

— 57 —

나는 집에서 며칠 쉬었다.

그리고 큰형님을 따라서 일하러 다녔다. 이런 일, 저런 일, 아무 일이라도 닥치는 대로 많이 하였다.

— 58 —

그러다가 우연한 기회에 미츠비시중공업 고베조선소에 들어갔다.

막노동 일은 있다가 없다가 하지만, 공장에서는 한 달에 하루뿐인 휴일이 있다. 한 달에 35원 가량 받는다. 그러나 막노동 일은 한 달에 20일 정도 일하지만, 내 한 달 월급보다 훨씬 많다. 하지만 나는 이 공장에서 열심히 일하며 기술을 배우기로 마음먹는다. 1939년, 내 나이 스물한 살 때의 일이다.

— 59 —

내 나이 열여덟 살 때 동생 창수도 아즈마 소학교에 입학하였다. 큰형님은 스물세 살에 거제 사등에 사는 나씨 집안에 어머니를 모시고 가서 결혼하였다. 작은형님도 스물세 살 때 거제 둔덕에 사는 문씨 집안에 어머니를 모시고 가서 결혼하였다. 큰형님은 집을 2층으로 올리고, 작은형님은 집 앞에 방을 얻어 살림을 한다.

작은형님은 장가간 후로는 열심히 일하러 다니니 영 딴 사람이 되었다. 과거의 일은 어디로 흘러가고, 이렇게 사람이 달라졌으니 나는 기쁘다. 용기가 난다. 온 집안이 부업에 열중이다. 큰집에 조카 순자에 이어 석호, 작은집에 태호, 은미가 차례로 태어났다.

우리 집안은 행복하다.

— 60 —

1940년, 내 나이 스물두 살이 되었다. 오늘은 휴일이다. 큰형님, 작은형님은 일하러 나가고, 아버지와 나는 방에서 이야기를 나누며 소일한다.

며칠 전 들은 말이 있다. 오늘은 동생 창수가 라디오 웅변대회 방송에 나오는 날이다. 나는 아버지와 함께 방송시간만 기다린다. 듣자하니 전국 소학교 현별 웅변대회라고 한다. 그런데 이상하게도 우리가 사는 효고현(兵庫縣)만 유독 두 명의 대표가 나왔다. 한 사람은 '효고현 대표'인데, 또 한 사람은 '반도(朝鮮) 대표'라 한다. 참 이상한 일이다. 나는 알 길이 없다.

"아버지, 창수가 반도 대표라 하고 나옵니다."

"나는 아무것도 모른다."

시간이 되었다. 동생 차례다. 동생의 웅변 주제는 '씨름에 관한 웅변'이다. 다른 학생들보다 잘한다. 약 5분 정도의 웅변이다. 박수소리가 요란하다.

"아버지, 참 잘합니다!"

나도 손뼉을 치며 말했다.

"나는 통 모르겠구나. 기분이 좋으니 술 한 잔 가지고 오너라."

나는 아버지에게 술을 따르며 말했다.

"아버지, 동생은 대단합니다. 수십만 명 아동들을 물리치고 대표로 뽑혔으니! 아버지, 참 기쁩니다."

어느 날 아버지가 나를 불러 앉힌다.

"한아(창한아), 내 말 잘 들어라. 네 나이 이제 스물두 살이다. 슬슬 장가를 들어야 하지 않겠느냐?"

나는 정신이 번쩍 든다.

"아버지, 저 장가 안 갈 것입니다."

"왜 안 가, 가야지. 너 밑에 동생이 주렁주렁 있는데."

"아버지, 저는 늦어도 좋습니다. 두 분 형님께서는 스물셋에 갔는데, 나는 아직 스물둘 아닙니까. 그리고 몇 년 더 있어도 아무렇지도 않습니다."

"그래? 너는 일본에서 갈래, 조선에서 갈래?"

"아무데도 아니 갈 것입니다."

나는 더 이상 아무 말도 하지 않았다. 아버지는 내 손을 꼭 잡는다.

"한아(창한아), 너는 일본에서 가거라. 이 애비는 섭섭하다. 네 큰형님, 작은형님은 조선에서 결혼했다. 자식 결혼식도 못 보는 이 애비는 참 섭섭하다. 그러니 이 애비 마음을 알아주라. 너는 애비 말을 잘 듣지 않느냐?"

나는 아버지 말을 듣고 아버지가 가엽다는 생각이 들었다. 조선에서는 이모가 또 내 중매를 하고 있다. 어머니는 속히 신붓감을 고르라고 재촉하는 모양이다.

'그렇다. 나는 아버지 앞에서 결혼해야지, 떳떳하게.'

"아버지 말씀대로 일본에서 장가들겠습니다."

아버지는 대단히 기뻐한다. 그러나 나는 그동안 잊고 있었던, 옛 다정했던 연인 카네코 생각이 왈칵 일어났다. 벌써 헤어진 지 3년째다.

그립다. 보고 싶다. 사진을 꺼내어 본다.

"카네코!"

불러도 아무 대답이 없다. 내 마음 달랠 길이 없다.

— 61 —

"아버지, 영화 보러 갑시다."

"그럼 바람도 쐬고 갔다 올까?"

아버지는 흔쾌히 응한다. 나는 어디로 갈지 곰곰이 생각한다. 다이코쿠자(大黒座)는 3등급 영화관이고, 대인 10전에 소인 5전이니, 여긴 아니다. 카스가노미치(春日野道)로 가면 개봉관인 카스가칸(春日館)이 있다. 여기는 대인 40전에 소인 20전인데, 평이 안 좋다. 야마신칸(山新館)은 2등급 영화관이다. 대인 20전, 소인 10전인데, 여기도 재미가 없다.

결국 아버지를 모시고 전차를 타고 산노미야역 부근의 산노미야 영화관으로 왔다. 상영 중인 영화는 '춤추는 뉴욕(원제는 Broadway Melody of 1940)[3]'이다. 1인당 20전씩, 총 40전을 주고 들어갔다.

사람이 많다. 2층으로 올라갔다. 계단식 의자다. 아버지와 나란히 앉아서 본다. 참 재미있다. 미끈미끈한 다리를 내어놓고 춤을 춘다. 참 신난다.

"아버지, 매우 재미있지요?"

아버지를 보니, 아버지는 머리를 숙이고 있다.

"아버지, 재미있는데 안 보시고 머리만 숙이고 계십니까?"

그랬더니 아버지가 갑자기 나가자고 한다. 아직 반도 못 보았다.

"예. 아버지, 나갑시다."

"오냐, 나가자. 그런데 무슨 굿이 이런 굿이 다 있노? 활딱 벗고 춤추고. 다음에는 이런 굿 보지 마라. 사람 베린다."

나는 우스워서 못 참겠다.

"아버지, 집으로 갑시다."

집으로 돌아오는 도중에 술집에 들렀다.

"아버지, 술 잡수세요."

"헛돈 내고 사람 베리겠다. 헛돈 내삐렸다."

"아버지, 참 재미있습니다."

"술보다 못하다."

아버지는 술을 참 좋아한다.

---

3) 1940년 2월 미합중국 MGM사가 발표한 뮤지컬영화. 일본에서는 태평양전쟁 발발 이전인
   1940년 8월 '踊るニュゥ-ヨ-ク(춤추는 뉴욕)'이란 타이틀로 개봉

어느 날 공장에서 집으로 돌아오니, 아버지가 세수하고 옷 갈아입고 말한다.

"나하고 좀 나가자."

나는 아무것도 모르고 세수하고, 어머니가 입혀주는 옷을 입고 아버지 뒤를 따랐다. 이웃집으로 들어간다. 방 안에 사람들이 예닐곱 명 앉아있다. 아버지가 인사하라 한다. 나는 손을 잡고 절을 하였다.

"집에 가거라."

나는 집으로 돌아왔다. 나는 아무것도 모른다.

훗날 알았지만 임씨라는 사람이 중매를 한 모양이고, 여기 있던 이들이 바로 선보러 온 사람들이다. 이들이 바로 내 처외삼촌, 사촌처남, 동서가 될 분들인 것이다. 장인 되는 분은 8~9년 전에 사망하였다고 한다.

그 후 며칠이 지났다.

집에 갔더니 아버지, 어머니, 큰형수, 작은형수가 모여 앉았다. 아버지가 입을 열었다.

"모레 너 결혼한다. 공장에서 휴가 받아오너라."

나는 놀랐다.

"아버지, 저 장가 안 갑니다!"

나는 반대하였다. 그러자 큰형수가 사진을 내놓으며 말한다.

"아버님과 어머님 모두 찬성하셨으며, 이웃에서도 좋은 처녀라고 칭찬이 자자한데……. 그럼 처녀 집에 가보렵니까?"

나는 사진이고 뭐고 도무지 귀에 들어오지 않는다.

"저는 장가 못 갑니다. 날을 받아도 취소하면 됩니다!"

완강히 버텼다. 옆에 앉아있던 작은형님이 읽던 책으로 나를 때리며 말한다.

"참말로 장가 안 가? 네가 장가를 가야만 우리가 제금(딴살림)을 나간다."

나는 놀랐다.

"아버지, 공장에 나갔다가 내일 오겠습니다."

집을 나왔다. 그리고 공장에 가서 여러모로 생각하였다.

'하는 수 없다…….'

반장을 찾아가 결혼한다고 상세히 사정을 말했다. 반장은 웃는다.

"일본사람은 스물일곱, 스물여덟, 아니면 서른 살이 넘어서 결혼하는데, 조선 사람들은 너무 빠르다."

5일간 휴가를 받았다.

집으로 돌아와 아버지를 안심시키고 큰형님에게도 내 뜻을 전하였다.

"잘되었다!"

아버지는 걱정을 하고 있다가 아주 기뻐하고 좋아한다.

결혼식 날이 되었다.

그런데 식장으로 가는 길에 사람들이 수군거린다.

"저 집에 저런 총각이 있었나?"

'옳지, 다들 나를 잘 모를 것이다. 나는 한 달에 스무 날 정도는 공장에서 잤으니. 그리고 집으로 와도 밤늦게 오고 새벽에 집을 나가니 이웃사람은 알 길이 없을 것이다. 공장하고 집하고 거리가 너무 머니까.'

그런데 처갓집 사람들도 몰랐다고 한다. 중매한 임씨만 나를 잘 알았고, 선보러 온 사람들도 나를 똑똑히 보지 못하였으니까. 후에 알고 보니 내 동생 창민과 혼동을 한 모양이다. 미술학교 다니는 학생 창민이 말이다. 창민이는 매일 집에 있으니, 처갓집 친척들이 "총각보러 가자" 하여 몰래 훔쳐보고 "저 총각이다. 잘생기고 늠름하다" 하였다고 한다.

웃을 일이다. 분명 내 사진도 보았을 것인데.

내 나이 스물서너 살이 되었다.

내 결혼식 이후 작은형님은 제금을 나갔다. 나는 처갓집에 묵다가 작은형님이 살던 집으로 들어갔다.

그 후 몇 달이 지났다.

큰형님이 키타혼마치의 집을 정리하고 아즈마도오리(吾妻通)에 있는 센진이치바도오리(鮮人市場通)[4]로 이사를 하였다. 아즈마 소학교 바로 좌측이다. 키타혼마치에서 살다가 아즈마도오리의 집에 들어서니 아주 넓다.

우리 식구는 2층 첫 방에 들고, 중간 방에는 동생 창민, 갓방 큰방에는 큰형님 식구, 1층 방에는 아버지, 어머니, 순이, 창수, 창제가 살게 되었다.

큰형님은 점포에서 건어물 장사를 시작하였다. 그 후로 고기장사도 시작하였다. 큰형님은 매일 바쁜 사람이다. 잠이 모자란다. 종종 눈이 아프다고 한다. 나는 마음이 아프다. 나는 주로 공장에 나가있는 몸이라, 집안 사정은 잘 모르게 되었다.

— 66 —

동생 창수가 그 어렵다는 효고 현립 제2 고베중학교(兵庫縣立第二神戶中學校)에 합격하였다. 고베시에는 제1 고베중학교(一中), 제2 고베중학교 (二中), 제3 고베중학교(三中), 이렇게 세 군데의 현립 고베중학교가 있다. 제1 고베중학교, 제2 고베중학교는 각 학교의 수재도 합격하기 어렵다. 동생은 아즈마 소학교가 생긴 지 수년 만에

---

4) 동포 밀집 거주 구역 내 '조선인 시장통'이라는 뜻의 당시 명칭이며, 현재 명칭은 '오오야스테시장(大安停市場).' 행정구역상 아즈마 도오리 4정목과 5정목 사이에 위치

처음으로 현립 제2 고베중학교에 합격한 것이다.

학교에서는 큰 경사가 났다.

담임선생은 창수 덕에 영전을 하였으나, 창수는 조선 사람이라 하여 제1 고베중학교 시험은 치르지 못하고 제2 고베중학교 시험을 쳐서 합격한 것이다. 아즈마 소학교는 하급인생들이 모여 사는 동네에 위치한 학교인지라, 그동안 알아주지 못한 학교다. 그런데 내 동생 창수가 최고의 중학교에 합격하였으니, 이 일로 인해 단번에 학교 이름이 널리 알려지게 되었다.

— 67 —

그 후 동생 창민도 일본에서 결혼했다. 그리고 순이도 김씨 집안에 출가하였다. 내 아들 유호도 태어났다. 큰집에 조카 석원, 영순도 차례로 태어났다.

작은형님 집에도 경사가 났다. 그런데 작은형수는 신기하게도 출산만 하면 온몸이 부어서 일어나지도 못하고 대소변을 받아내는 큰 곤욕을 치르니, 기가 막힐 일이다. 작은형님은 주야로 곡(哭)을 하며 날을 새우니, 하루 이틀도 아니고 큰 걱정이다. 기가 막힐 일이다.

자식을 여럿 출산하여도 마찬가지 고생을 한다. 무슨 병일까. 의사도 모른다. 신기한 일이다. 산후병 치고 의사도 모르는 병이 어디 있단 말인가. 그래도 작은형수는 병을 이겨내고 장수하였다.

내 나이 스물다섯, 스물여섯, 스물일곱 살이 되었다.

처갓집은 키타혼마치에서 나다구(灘區)로 이사하였다. 유호는 잘
운다. 어미젖을 먹으면서도 운다. 이래도 운다. 저래도 운다. 어미가
죽을 지경이다. 큰형수는 화를 낸다. 의사에게 보여도 매한가지다.
눈만 뜨면 우니, 모두가 유호더러 '울보'라고 한다.

그러나 유호는 외갓집만 가면 잘 놀고 잘 먹고 한다. 모두가 놀란
다. 처제가 학교 갔다 오면 유호를 데리고 간다. 처남은 아직 어리
다. 장모는 "왜 우리 아기가 울어?" 하며 잘 돌보아준다.

나는 처남을 데리고 공장에 같이 다녔다. 적은 내 월급으로 세 식구
가 먹고 산다. 나는 이럭저럭 노력한 끝에 오장[5]이 되었다. 일본 공
장에서 오장 직급이면 밑으로 약 서른 명의 부하를 거느린다. 공장
의 계급은 아래부터 임시직공, 3등 선수[6], 2등 선수, 1등 선수, 3등
보싱[7], 2등 보싱, 1등 보싱, 오장, 반장, 조장, 공장장 순이다.

처남은 1등 선수가 되었다. 1등 선수가 되면 두세 명의 부하가 생
긴다. 공장 내에는 직원이 약 500명가량 된다. 미츠비시중공업 계열

---

5) 伍長. '하급 팀의 우두머리'를 의미하는 일본어. '고쵸'라고 읽는다. 일제 육군의 오장 계
급은 병장과 하사관 사이에 있었던 계급으로서, 사병의 최고 계급이었다.

6) 先手. 일본의 공사 현장이나 작업장에서 각 직종의 가장 최하위 직급을 일컫는 말. '사키
테'라고 읽는다.

7) 棒芯. 일본의 공사 현장이나 작업장에서 각 직종을 지휘하는 사람을 일컫는 용어. '보싱'
이라고 읽는다.

전체로 보면 약 5만 명이나 된다. 나는 만 3년간 개근했다. 공장에서는 나를 '카미상[8]'이라고 부른다. 나는 그 말을 듣기 위해 열심히 일하였다.

세월이 흘러 나는 조장이 되었다. 약 2백 명의 부하를 거느린다. 공장에서 내 기술을 당해낼 사람이 없었다. 그렇기에 진급이 빨랐다. 일본 정부에서 상을 내릴 것이라 하였다. 나는 상이고 뭐고 간에 기술을 배우기 위해 열심히 일할 뿐이다.

어느 날 공장에서 근처 나라(奈良)로 소풍을 나갔다. 아버지도 동행하여 나라의 다이부츠(大佛), 사루사와이케(猿澤池), 와카쿠사야마(若草山)를 돌아보고, 교토의 킨카쿠지(金閣寺)도 가보고 구경을 잘하였다. 아버지도 만족하는 눈치다. 그러나 아버지가 좋아하는 술집에 들러도 술을 파는 곳이 없다. 한창 태평양전쟁 말기인지라 점심만 먹으려 해도 사먹기 힘들었다. 아버지에게 죄송하기 그지없다.

— 69 —

조선에서 징용자가 일본으로 많이 들어온다.

길에는 젊은 청년이나 젊은 여성은 찾아볼 수가 없고, 사람 또한 잘 다니지 않는다. 징용자는 미츠비시 청년학교(私立三菱神戶造船靑年學校)에 많이 수용하고 있다.

---

8) 神さん. 최고의 기술자임을 빗대어 부른 말

나는 통역관이 되어 공장 일도 본다. 그러나 통역하는 데 있어 제일 골머리는 바로 제주 사람이다. 통 말을 알아들을 수가 없다. 그때마다 일본사람들은 나를 보고 나무란다.

"조선 사람이 조선말을 못 알아듣는다."

의심을 한다. 나는 반문한다.

"당신은 홋카이도니, 시코쿠니, 큐슈 지방 말을 잘 알아들을 수 있는가?"

일본사람들은 더 이상 말을 잇지 못한다.

— 70 —

이럭저럭 날짜는 흘러간다.

큰형님은 늘 바쁜 사람이다. 큰형님과 작은형님은 카와사키(川崎) 조선소 공장에서 일하였다. 작은형님은 열심히 공장에 잘 다녔다. 큰형님은 공장에 갔다가, 아침 일찍 수산물 경매장에 나가 삼륜화물차나 자전거로 물고기를 실어 온다. 큰형님은 자전거 타는 데 명수다. 큰형님은 참으로 고되다. 잠이 모자란다. 일이 힘들다. 고생이 이만저만 아니다.

'큰형님께서 너무 무리하시는구나······.'

생각만 할 뿐, 어쩔 도리가 없다. 참 장하다. 그러나 내 마음은 아프다.

어느 날 아버지가 중병에 걸렸다. 큰형님이 여러 약을 구하여 복

용해도 아무 효과를 보지 못한다. 용하다는 의사를 봐도 호전이
없다.

"개가 먹고 싶다."

갑작스런 아버지 말에, 나다구에 있는 처갓집에서 큰형님과 내가
잡는다. 몽둥이로 아무리 때려도 죽지 않는다. 큰형님과 나는 필사
적이다. 그렇게 잡아가지고 아버지에게 차려내니 잘 먹었고, 일어나
앉기도 하였다. 그러나 점점 병은 깊어만 간다.

우리는 큰집 뒤편에 집을 얻어 산다. 아버지는 우리가 지내던 큰집
2층 방에서 치료를 받고 있다. 동생 창민이가 산소호흡기와 산소통
을 가지고 왔다. 그날은 좀처럼 모이기 힘들던 우리 형제와 매부 내
외도 와있었다. 아버지 홀로 2층에 계시고 우리들은 밑의 방에 모여
있었다.

"우리 2층 아버지께 올라가자."

큰형님 말에 큰형님과 작은형님, 나 셋이서 2층 아버지 방으로 들
어갔다.

"잠이 오니 너희는 나가 있어라."

아버지 말에 우리 셋은 창민이가 거처하는 방으로 벽장문을 열고
들어가 벽장문을 닫고 앉으려 하는데, 큰형님이 뭔가 이상했는지 갑
자기 "아버지!" 외치며 벽장문을 밀치고 아버지에게 달려간다. 작은
형님과 나는 놀라 고꾸라졌다. 아버지는 큰 하품을 두 번 하더니 더
이상 아무 말도 하지 않는다.

"아버지!"

큰형님이 아버지를 흔든다. 아버지는 아무 대답 없이 깊은 잠에 빠

졌다. 산소호흡기도 못써보고……

그때 집안이 울음바다가 되었다.

5일장 후에 큰형님이 고향에 모시고 가서 고이 안장하였다. 슬픈 일이다.

아버지의 운명일은 1944년 4월 28일 오후 10시경이다. 내 나이 스물여섯 살 되던 해다. 그 해 막내 동생 창제도 중학교에 입학하였다.

— 71 —

발인 시에 외삼촌 두 분이 왔으며, 카와사키조선소, 미츠비시중공업 고베조선소, 통영군 향우회, 현립 제2 고베중학교에서 조기(弔旗)를 보내왔다. 제2 고베중학교에서는 학생들을 동원할 것이라 하였으나, 시국이 태평양전쟁 말기였기 때문에 동원은 못하고 대표자 몇 명만이 문상을 왔다. 카와사키, 미츠비시 측에서도 대표자가 찾아왔다. 길거리에 사람 보기가 힘든 시국임에도 동네 주민을 비롯하여 넓은 길에 사람이 많이 모였다.

— 72 —

"시국이 불안정하다."

큰형님 판단에 어머니와 창수, 창제 두 동생을 우선 통영으로 귀향

시키기로 하였다. 큰형님은 우리 살림과 창민이의 물품을 우타세[9] 배에다 싣고, 고향사람에게 부탁하여 배를 타고 이삿짐을 감시하며 떠나게 되었다.

큰형님은 어머니와 두 동생을 데리고 출발하였다. 작은형님은 이사 갈 집 소개(紹介)를 거절하였다. 큰형님은 예전에 조선에 나가서 거제 둔덕면에 사는 이모 댁에 논을 사두었고, 통영 무전리에 과수원과 집, 고성군 기월리에 밭 그리고 그 사이에 또 밭을 사두고 있었다.

— 73 —

1945년 내 나이 어느덧 스물일곱 살이 되었다. 미군의 B29 폭격기는 종종 일본을 공습하였다.

그런데 어느 날 밤 내가 사는 고베에 대공습[10]이 시작되었다. 고베는 순식간에 불바다가 되었다. 약 세 시간 정도의 공습이었다.

큰형수와 유호 엄마는 아이들을 데리고 인근 아즈마 소학교로 피신하였다. 나와 동생 창민은 집에 있었다.

"아무래도 안 되겠다. 동생, 우리도 피신하러 학교로 가자."

동생 손을 붙잡고 집을 나오니 영 앞이 보이지 않는다. 길가는 사람

---

9) 打瀬船. 일본식 돛 예인선을 말한다.

10) 1945년 3월 17일 미군이 고베 지역 주요 전략시설을 대상으로 실시한 '고베대공습(神戸 大空襲)'

마다 연기에 쓰러지고 아우성이다.

"에라, 안되겠다. 동생, 우리 지붕에 올라가 구경이나 하자."

"형님, 위험하니 안 됩니다."

"그럼 너는 집 방공호에 있어라."

나는 2층을 통하여 혼자 지붕으로 올라갔다.

'야아, 신난다. 불꽃! 불꽃! 굉장하다.'

불은 먼 곳에서 일어나 타는데, 우리 집 근처 사방에는 연기뿐이다. 니시나다(西灘) 쪽에서 쿵쿵 소리가 들려온다. 폭탄이 터지는 모양이다.

조금 있으니 동생이 올라왔다. 둘이서 손을 잡고 "참 보기 좋다!" 하였다. 공중의 비행기에서 터뜨리는 소이탄 폭발하는 광경에 비하면 불꽃놀이는 아무것도 아니다.

B29 공습은 끝났다. 사방에서 집, 창고, 공장 타는 불꽃뿐이다. 날이 샌다. 큰형수와 유호 엄마, 아이들이 무사히 돌아왔다. 우리 사는 동네는 아무 탈이 없었다.

나는 아침을 먹고 구경을 갔다. 아스팔트길이 녹아서 거기 붙어 선 채로 죽은 사람이 많다. 남녀 구별을 할 수가 없다. 니시나다 쪽은 소이탄이 아니고 폭탄 세례다. 멀리 있는 집들은 마치 탈탈 털어서 세워놓은 집 같다. 사람들이 방공호 안에 많이 죽어 있다. 죽은 시체는 각 학교로 운반하고 있다. 산더미 같다. 불쌍하다.

나는 우리 공장 있는 곳으로 향한다.

산노미야 부근의 소고 백화점을 관통하는 지하도 안으로 들어간 사람은 모두 연기에 질식하여 죽어 있다. 화재는 카이간도오리(海岸通)의 각 창고와 공장, 민가로는 나가다쵸(長田町), 미즈키도오리(水木通), 와다사키쵸(和田崎町), 후쿠하라라쵸(福原町), 신카이치(新開地) 등에서 발생하였다. 카와사키조선소, 미츠비시중공업 고베조선소, 일본에어브레이크, 고베제강소 등 고베 전체가 절반 이상 일주일 동안 불에 탔다. 사방에 사체가 널브러져 있다.

이윽고 공장에 도착했다.

공장은 말이 아니다. 나는 공장에 나가기를 단념했다. 집으로 돌아왔다. 전쟁이란 참으로 무섭고 비참하다. 나는 앞으로 내가 가진 기술을 절대 쓰지 않기로 다짐하였다.

— 74 —

큰형님이 돌아왔다. 이 광경을 보고 큰형님은 크게 놀랐다.

며칠 지나니 동사무소에서 통지서가 나왔다. 학교 주변 가옥들은 모두 철거하고 광장으로 만든다고 한다. 큰형님은 동생 순이가 사는 스즈란다이(鈴蘭台) 부근의 아리마쵸(有馬町)로 소개(疏開)하고, 우리는 나다구에 있는 처갓집으로 들어갔다. 동생 창민은 오사카의 처갓집으로 각각 철수하였다. 작은형님, 큰외삼촌, 작은외삼촌이 사는 동네는 아무 일이 없었다.

나는 처갓집에서 며칠 쉬었다.

하루는 처외삼촌과 육촌 처남이 놀러왔다.

"정서방, 매일 놀고 있으면 쓰나. 내일부터 우리와 일하러 가자."

"좋습니다."

나는 승낙했다. 아침을 먹고 처남을 따라 일터로 나갔다. 큰 창고 가게다. 닷선(Datsun) 자동차가 많이 서있다. 간판을 보니 '疏開取扱所(소개취급소)'다. 일본사람들이 공습에 놀라 어디론가 소개(疏開)를 간다. 그 가게는 소개하는 사람들 짐을 운반하여 주는 일을 취급하는 곳이다. 주인은 조선사람, 부인은 일본사람이다. 두 사람 다 참 좋은 사람들이다. 육촌 처남은 나를 인사시킨 후 집으로 돌아간다.

"형님, 일마치고 오시오."

주인은 내게 쪽지를 건네며 말한다.

"이 짐을 이 주소지 집까지 운반하시오."

쪽지를 보니 니시노미야시(西宮市)다. 좀 먼 곳이다.

나는 차에 이삿짐을 싣고 쪽지에 적힌 니시노미야의 주소를 찾아갔다. 짐 주인은 반갑다며 권한다.

"올라오시오."

"길이 머니 곧 가야 합니다."

짐 주인은 내게 사례하며 봉투를 건넨다. 나는 아무것도 모르고 고맙다고 받았다. 돌아오는 길에 봉투 안을 들여다보니 10원이 들어

있다.

'이 돈이 삯이로구나. 그런데 공장 다니며 월급으로 285원을 받았는데, 이삿짐을 갖다 주고 10원이면 한 달이면 300원이라!'

나는 기뻤다. 발도 가볍다.

오후 5시경 가게로 돌아왔다.

"벌써 갔다 왔소? 수고 많이 하였소. 어서 올라 오시오."

가게 주인이 반기며 권한다. 주인은 저녁상을 잡고 들어왔다. 셋이서 잘 먹었다. 그 가게에는 나를 포함하여 인부가 여덟 명 있었다. 일은 바빴다.

"매일 꼭 오시오. 오늘 당신 일은 끝마쳤소."

주인이 오늘 일당이라며 봉투를 준다. 나는 받았다. 인사하고 집으로 오는 길에 봉투를 열어보니 40원이 들어있다. 나는 놀랐다.

육촌 처남이 찾아왔다.

"형님, 욕 많이 봤지요? 오늘 일당 얼마 주던가요?"

"50원 벌었다네."

"허, 그 주인 나쁜 놈일세. 하루 종일 일하고 50원이 뭡니까. 나는 놀면 놀았지, 그 돈 받고는 일 안합니다."

나는 육촌 처남 말에 어이가 없었다.

'매일 놀고 있으면서 무슨 큰소리냐?'

나는 매일같이 잘 다닌다. 고정 일당은 40원이다. 짐을 갖다 주면 짐 주인이 주는 팁은 덤이다. 일이 없어 놀아도 주인은 일당 40원은 반드시 챙겨준다. 그리고 짐을 운반하여 주면 짐 주인은 꼭 팁을 준다. 그리하여 나는 매일 출근하여 열심히 일하였다. 가게는 모토마치(元町)에 있다.

— 76 —

어느 날 갑자기 큰형님이 보고 싶어졌다.

나는 큰형님을 만나러 미나토가와코엔(湊川公園)에서 아리마(有馬)로 가는 전차를 타고 스즈란다이(鈴蘭台)역에서 내린다. 큰형님은 반가이 맞이하여 준다. 동생 순이 집에서는 김 서방이 엿 사탕을 만들고 있다. 잘 팔린다고 한다.

"동생, 우리도 고국으로 돌아가자. 암만해도 일본이 망하고 모두 불바다가 되겠다. 무엇보다 고향의 집이 걱정이다."

"예, 형님. 우리도 나갑시다."

나도 큰형님 말에 찬성하였다. 그리하여 큰형님은 '戰災民(전재민)'이라 적힌 증명서를 받아가지고, 큰형님 식구와 우리 식구가 다 같이 일본에서 나오기로 작정하였다. 그런데 작은형님이 이에 응하지 않는다.

작은형님, 동생 창민, 순이, 큰외삼촌, 작은외삼촌 식구는 일본에 남았다.

나는 처갓집에 들러 장모님과 처남에게 내 뜻을 전했다.

"조선에 소개시켜두고 꼭 돌아올 것입니다."

내 소지품과 옷가지 등은 모두 처갓집에 두고 떠난다. 처남은 장가는 들었지만 아직 어리다. 처제는 열두 살이다.

떠나는 날이 되었다. 처남은 공장에 갔는지 보이지 않는다.
"장모님, 다녀오겠습니다. 처제, 잘 부탁한다."
우리 일행은 떠났다.

— 77 —

우리 일행은 큰형님, 큰형수, 순자, 석호, 석원, 영순 그리고 나, 유호 엄마, 유호다.
산노미야역을 떠나 일본 내에서 이삼일 간 지체한 후, 통영으로 가는 배편을 구해 마침내 귀향길에 올랐다. 부산을 왕래하는 연락선은 운항이 두절되었다. 이것이 나의 일본 재류 마지막이다.
내 나이 스물일곱 살 때이다. 서기 1945년 6월의 일이다.

2부

형님, 그리 마시오. 형님은 '돈, 돈, 성공, 성공' 하시지만

그리 쉬운 일이 아닙니다.

– 정창한(1919~1988) –

— 1 —

1945년 6월 그리운 내 고향 통영에 안착하였다. 집은 통영군 용남면 무전리에 있는 과수원이다. 어머니와 창수, 창제 두 동생들을 보니 참 반갑다. 집은 아직 완성되지 못하였고, 큰형님과 나, 두 동생들이 집 안팎을 대강 정리하였다. 안채, 아래채가 있고, 집 둘레가 참 넓다.

그 후 곧 8월 15일에 드디어 우리나라가 해방이 되었다.

나는 해방된 이날, 통영 시내를 둘러보았다.

"해방 만세!"

"우리 독립만세!"

여기저기 사람도 많고 기쁨의 눈물까지 흘리는 사람도 많았다. 나도 기쁨과 감격에 만세 부르며 시내로, 군청으로, 충렬사로, 세병관으로, 사람 물결을 따라 온종일 돌아다녔다.

— 2 —

그 후 9월에 둘째 유상이가 태어났다.

산모가 너무 고생하여 태어난 아이는 말이 아니다. 그 먼 일본에서 기차로, 배로, 며칠이 걸렸으니 산모와 태아가 너무 무리하였다. 산모가 고되 말할 수 없을 것이니 태어난 아이 역시 말이 아니다.

그래도 장하다, 유호 엄마여!

— 3 —

나와 두 동생은 과수원을 잘 손질하고 풀도 베고 열심히 일하였다.

— 4 —

그러던 어느 날 일본에서 작은형님 식구와 큰외삼촌, 작은외삼촌이 집으로 들이닥쳤다. 잘 데도 없어 다들 야단이다.

며칠이 지났다.

큰형님이 집을 사서 큰외삼촌은 태평동으로, 작은외삼촌은 북신동으로 거주하게끔 조치하였다. 나는 아래채로, 작은형님은 안채 갓방으로 들어갔다. 당시 갓방에는 일본에 남은 동생 창민의 장롱과 잡동사니가 놓여있었다.

5

동생 창수와 창제는 중학교에 편입을 하게 되었다. 그러나 일본말만 알았지, 우리말과 글을 못하였다. 경남도청 학무과에서 치르는 편입시험에 합격하여야 들어갈 수가 있었다. 온통 야단이다.

내가 종이에다 '가갸거겨'라고 적어주니 며칠 만에 암기하였다. 그리고 천자문을 구하라고 하여 구하러 나섰다. 참 구하기 힘들다. 그러다 우연히 천자문 책을 구하게 되었다. 그때는 작은형님과 나 그리고 두 동생들이 지붕에 색을 입히고 있을 적이다.

창수는 일을 하면서 천자문을 며칠 만에 암기하여 다 외우고, 우리말도 조금씩 알게 되었다. 그리고 편입시험에 합격하여 4학년에 편입하였다. 그 당시는 중학교 6년제다. 그때의 통영중학교는 지금의 유영초등학교 자리에 있었다. 김영삼(金泳三)이 경남중학교로 전학간 직후의 일이다.

막내 동생 창제는 수개월 후 중학교에 들어갔다. 동생 창수는 공부를 잘 하였다. 공부를 잘 하니 학생들이 동생에게 야유를 한다. 동생은 학우들에게 지지 않는다. 동생의 주특기는 검도와 씨름이다. 일반시민들이 참가하는 씨름대회에서도 죄다 이겼다. 그리하여 공부와 운동 모두 특별나니 전교에서 인기가 대단하였다. 동생은 5학년 때 연세대학교에 시험을 쳐서 입학하게 되었다.

그런데 1년이 채 지나지 않아 창수가 다시 중학교로 되돌아왔다.
'이상하다?'
나는 의아했다. 그 이유를 나중에 알았는데, 6학년을 다 마치지 않고 시험을 쳐서 자격미달을 이유로 되돌아 왔다고 한다. 창수는 이듬해 다시 연세대학교에 시험을 쳐서 합격하였다.

— 7 —

평소 작은형님은 나와 함께 과수원을 돌보았다. 그날 작은형님은 처갓집에 놀러갔는지 하필 집에 있지 않았다. 아이들이 잘 놀고 있었는데, 갑자기 태호가 까무러친다.
"머리가 아파요."
아예 드러눕는다. 열은 올라가고, 말문은 닫히고, 아이는 자꾸만 까무러친다. 큰형님도 거제 사등에 있는 처갓집에 가고 없다. 나는 자전거를 타고 큰형님을 데리러 내달렸다.

큰형님과 함께 헐레벌떡 집으로 돌아오니 아이는 죽어있다.
"음력 그믐날이라 그날 밤은 집에서 못 넘긴다."
동네 어른 말씀에 동네에서 염을 하는 굴뚝새 영감을 불러서 업고 그날 밤 공동묘지에다 묻었다.

기가 찰 노릇이다. 너무 허무하고 너무 기가 찬단 말이다.

— 8 —

오늘은 일요일이다.

미늘고개에 우리 큰 밭이 있다. 동생 창수와 둘이서 오줌장군을 지고 밭으로 가는데, 집에서 약 1킬로미터 거리이다.

나는 일하는 사람이지만, 동생 창수는 학생이다. 가다가 쉬고 가다가 쉬고 하면서 밭까지 간다. 동생을 보니 땀을 흘리고도 잘도 걸어간다. 참 애처롭다. 하루도 아니고 이틀도 아니다.

밭이 커도 정말 너무 크다. 동네사람들이 말하기를, 이 밭이 바다 건너 한산섬(閑山島) '씨밭'이라고 한다. 얼마나 큰지 알만하다. 큰 밭 가는 길목에 있는 작은 밭은 비교가 되지 않는다.

작은형님은 작은 밭에는 잘 나가지만 미늘고개에 있는 큰 밭에는 안 가려 한다. 둑길이 너무 길고 울퉁불퉁하니 잘못 걸으면 미끄러져 넘어지기 쉽다. 우리 집이 있는 과수원 둘레는 여기 큰 밭에 비할 바 아니다.

'퇴비가 모자란다', '오줌이 모자란다' 하여 개똥을 주어 와서 물과 섞어가면서 오줌을 뿌린다. 퇴비는 돼지우리에서 만든다. 참 농사일은 고되다. 요사이처럼 비료가 있으면 문제가 아닌데 말이다.

우리 집에는 돼지, 염소, 닭, 개를 키운다. 개 이름은 '데루'다. '데루'는 참 영리하여 주위에 이웃집도 없는 우리 집을 잘 지킨다.

흰 염소는 또한 재미있다. 그리고 많이 웃긴다.

하루는 돼지 모이를 주기 위해 돼지우리로 갔다. 돼지죽을 쑤려고 고구마 넝쿨을 거기 많이 두고 있었다. 그런데 가만 보니 고구마 넝쿨 안에 사람이 죽어 있다.

나는 자리를 깔고 고이 눕히고 나서 어머니와 큰형님에게 이 사실을 말했다. 어머니와 큰형님은 깜짝 놀라 아무 말도 못한다.

큰형님이 경찰서에 신고하여 형사 두 명이 찾아왔다.

"철조망 안에서 죽었으니 당신들 책임이요. 길에서 죽었으면 하는 수 없지만."

형사들은 조사를 마치고 돌아갔다. 하는 수 없다.

어머니는 술, 명태, 사과 등을 가지고 왔다. 굴뚝새 영감을 불러 염을 잘하고 지고 가서 양지바른 언덕에 묻어주었다.

"불쌍한 사람아, 좋은 데로 가시오!"

어머니가 한동안 염불을 했다.

동생 창수는 연세대에 입학하여 다시 서울로 공부하러 갔다. 집안이 쓸쓸하다.

큰형님은 동호동에 있는 적산가옥을 사서 거기에 작은형님을 살게 하였다.

작은형님은 하는 일이 없다.

나는 큰형님이 통구밍이 배를 사주어 우리 집 일을 돌봐주는 종씨(宗氏)라는 사람과 함께 장작 운반도 하고, 대구를 낚기도 하면서 자주 배를 타고 다녔다.

큰형님은 운반선을 사서 조카사위 형제에게 부탁하여 그 형은 선장, 동생은 기관장이 되어 두 형제가 함께 큰형님 배를 몰고 다닌다.

그러나 그 나쁜 놈들이 짜고서 다 털어먹었다. 큰형님은 운반선 사업에 실패하였다.

어느 날 밤 나 혼자 아랫방에서 자려하나 잠도 오지 않는데, 백의를 입은 사람이 방으로 들어온다. 그리고 내 배에 걸터앉는다.

마침 동생 창수가 일본에서 검도할 때 쓰던 목검이 방 안에 있었다. 나는 살그머니 목검을 쥐고 갈겼다. 그런데 흰 옷 입은 사람은 간 곳이 없고 문살만 박살이 났다. 윗방에서는 놀라서 어머니와 큰형님이 달려온다.

"동생, 와 이라노?"

"아무것도 아닙니다."

다시 자리에 눕는다.

'아무리 생각해도 이상한 일이다. 나는 여태 놀라본 일이 없는데……'

아침에 일찍 일어나 염소에게 풀을 먹이려고 과수원 건너편 허씨 문중 비석 있는 곳으로 가서 풀을 먹이는데, 저 멀리서 우리 집 개, 이웃집 개, 동네 개 네다섯 마리가 무덤을 파헤치고 야단들이다. 나는 달려가서 돌을 던지고 개들을 다 쫓아내었다. 그리고 무덤 있는 곳까지 가서 살펴보니, 간밤에 쓴 무덤이다. 개들이 파서 엉망이고, 사방에 옷 찢어진 것과 살점이 이리저리 흩어져 있다.

집으로 돌아와 큰형님에게 전했다.

"그것 참 안되었구나."

괭이와 삽을 가지고 큰형님과 함께 그 무덤으로 향했다. 그리고 모두 수습하여 봉분을 잘 지어서 술과 안주를 뿌리고 큰형님과 합장하여 '좋은 곳으로 가시고 안심하시라'고 묵례하였다.

나는 생각했다.

'간밤에 흰 옷 입고 들어온 사람이 이 묘의 구원을 바라고 온 모양이다. 그때 왜 들어 왔는지 물어보았으면 좋았을 것인데……'

— 16 —

하루는 큰형님이 나를 부른다.

"동생, 시내에 나가자."

나는 큰형님을 따라 시내로 나왔다. 큰형님은 항구탕 앞에서 발걸음을 멈춘다.

"동생, 이 목욕탕 마음에 드나?"

나는 아무 말도 하지 못하였다.

"너는 목욕탕에 오래 있었으니 잘 알 것이다. 이 집은 일만 원이다."

그리고 경찰서 오른편으로 나를 데리고 간다. 합동법률사무소와 대서소 그리고 여러 가게가 길게 늘어서 있는데, 모두 한 집이다.

"동생, 마음에 드나?"

큰형님이 뒤돌아 나를 보았다. 땅 위가 아니고, 밑에서 나무로 괴어 만든 집이다.

"이 집 전체가 8천원이다. 밑에서 나무로 괸 집이니 재미없다. 참, 동생. 포도밭에다 집을 짓고 살면 좋다. 우리 장인이 도목수다. 부탁 드리면 곧 짓는다."

나는 아무 대답도 하지 않았다.

"동생, 미늘고개 큰 밭에다 집을 짓고 살면 일도 수월하고 잘만하면 야채밭을 만들고 하여 돈 많이 벌 수 있다."

나는 기가 막혔다.

'큰형님께서는 내가 고분고분하니, 나를 아직 바보로 아는 모양이다. 이제는 나를 쫓아내려고 하시는구나!'

나는 그 말을 듣고 적잖이 실망하였다. 나는 결심했다.

하루는 유호 엄마가 내게 보챈 일이 있다.

"여보, 우리도 나가 삽시다. 아이들이 크니 싸우고, 유호는 자꾸 기가 죽고 하니 길가에서 거적자리 깔고 자더라도 우리도 나갑시다."

나는 알고 있다. 마음이 아프다. 그러나 우리가 나가면 이 농사는 어떡할 것이며, 어머니는 얼마나 상심할 것인가.

하지만 나는 나갈 것을 결심했다.

— 17 —

어느 날 일본에서 부고가 도착했다.

'순이, 사망.'

기가 막혔다. 내 누이 순이가 죽었다는 것이다.

"비록 죽었으나, 낳은 아이가 불쌍하다. 일본에 좋은 처녀가 있는데, 아이가 없으면 모르되 아이를 위하여 그 처녀와 결혼을 시켜야 한다."

큰형님은 바로 일본으로 들어갔다. 그리고 얼마 후 일이 잘 되었다며 돌아왔다. 나는 잘 되었다고, 어머니와 큰형님을 칭찬하였다. 하지만 불쌍하다. 가엾다.

"불쌍한 순이야!"

어머니는 매일 운다. 그렇다. 우리 7남매 중에 하나뿐인 여동생이고, 어머니의 하나뿐인 귀여운 딸이다.

참 불쌍하다.

— 18 —

동생 창수도 대학 공부하러 타지로 나갔고, 우리까지 나가면 큰집은 적적할 것이다.

'이 어찌 할 것인가!'

나는 마음이 아프다.

하루는 큰외삼촌이 나를 부른다.

"너희들도 제금 나와서 살라. 언제까지 큰집에 얹혀살게야? 언제 나와도 나올 것이다. 그리고 큰집에 대하여 걸리는 것도 많을 것이다. 하지만 두 눈 딱 감고 나오너라."

"아저씨, 어디 집이 있습니까?"

"요 위에 조그마한 초가집이 하나 있다. 작지만 너희 식구에게 알맞다."

"돈이 없습니다, 조금밖에."

"얼마나 있나?"

"7천 원 가량 있습니다."

"그럼 흥정을 해보아야지."

집으로 돌아와 유호 엄마와 이 일을 의논하였다. 흔쾌히 찬성한다.

"여보, 암만 작아도 나갑시다."

그래서 며칠 있다가 큰외삼촌을 찾아갔다.

"우선 집이나 보러가자."

외삼촌 뒤를 따라 가보니 바로 주전골 고개에 있는 큰외삼촌 집 위에 콧구멍만한 방 두 개가 있다. 정기는 한 사람이면 그만이다. 마당도 한두 평이다. 참 한심하다.

'별수 있나, 이 집에 들어가야지.'

큰외삼촌에게 좋다 하고 집을 샀다. 당시는 돈 가치가 자꾸만 떨어질 때였다.

집으로 돌아와 큰형수 모르게 어머니에게 사정 이야기를 하였다.

"오냐, 너희들도 나가살아야지. 언제 나가도 나갈 일이다."

어머니가 눈물짓는다. 나도 눈물이 난다.

19

나는 결혼 8년 만에 제금을 나온다. 내 나이 서른 살 때이다.

나는 이날 유호 엄마, 유호, 유상이를 앞세우고 장롱이며, 이불이며 다 놓아두고 옷 보따리만 지고 아무도 모르게 큰집을 나왔다. 마침 큰형님은 어디 나가고 집에 없었다.

이사할 집에 들어와 보니 당장 밥 지을 그릇이 없다. 큰외삼촌과 주물 솥을 사가지고 집으로 와서 짚을 태워 솥을 놓고 대충 집 정리를 하였다.

저녁 해질 무렵 막내 동생 창제가 지게에 밥그릇과 수저를 지고 찾아왔다.

"형님, 큰형님께서 집에 돌아와 아시고는 '숟가락 하나 못준다. 갖다 주면 재미없다!'며 큰 야단이십니다."

창제는 몰래 어머니와 함께 가지고 왔다고 한다. 어머니는 치마 밑에 몰래 쌀과 보리쌀을 가지고 왔다. 나는 고마움에 눈물이 난다. 어머니는 큰외삼촌과 무슨 이야기를 하고 있다.

20

나는 살림에 자신이 있다.

왜냐하면 큰집에 살 때 큰형님이 일본 군화를 몇 켤레 내어주면서 시장에 가서 팔아오라 하였다. 군화 한 켤레에 110원 내지 115원 할 때다. 한 켤레 팔아오면 10원 내지 15원을 내게 준다. 나는 집에서 틈만 나면 시장으로 간다. 집에는 군화가 얼마나 있는지 모른다. 시장에 가니 사람도 알게 되고, 군화보다 '야메 담배'가 이익도 있고 잘 팔린다는 사실을 알게 되었다. 그래서 군화도 팔고 '야메 담배'도 팔고 하지만, 정작 담배가 없어서 못 판다. 그 당시 전매청 담배는 없었다.

— 21 —

나는 제금 나온 후 '야메 담배'를 전문으로 장사해서 이내 집안 살림이 안정되었다.

그 후로 큰형님도 마음을 가다듬었다. 노한 마음을 진정시키고, 나와 곧잘 만났다. 그리하여 큰집 아래채에 놓아두었던 장롱과 잡동사니를 다 가지고 왔다. 이후 큰집 아래채에는 일하는 사람이 들어와 살았고 큰집도 안정을 찾았다.

— 22 —

큰아들 유호도 학교에 입학하였다. 그리고 딸 유선이가 태어났다.
나는 돈을 모아 노점 잡화상을 시작했다. 팔리기는 잘 팔리는데 정작 물건 구하기가 어렵다. 외사촌 동생 근석이와 창석이도 장사를 시작했다. 큰형님도 장사를 시작했다. 작은형님은 장사 경험이 없었으므로, 나와 동업을 시작했다. 장사는 잘되었다.

　서호시장에 점포를 하나 사서 작은형님에게 맡기고, 나는 각 지방을 다니면서 도매장사를 하였다. 그러니 자연히 돈을 많이 벌기 시작했다. 그러다가 외사촌 동생 근석이와도 동업을 시작했다. 그런데 몇 달 후 근석이와 계산을 해보니 적자다. 그리고 또 몇 달 후에 계산하여 보아도 마찬가지다. 그래서 동업을 그만두었다. 또한 근석이의 동생 창석이는 물건을 가져갔다 하면 갚을 줄 모른다. 그러니 자연히 적자가 난다.

－ 23 －

　유호 엄마는 밀을 사와서 누룩을 만들다가 '야메'로 판다. 하루는 유호 엄마가 정색하며 말한다.
"여보, 돈이 있을 적에 좋은 집을 사둡시다."
"아니오. 돈이 돈을 버니, 물건을 사놓아야 돼."
　나는 반대하였다.
　그런데 그때 유호 엄마 말을 들었더라면 좋은 집도 샀을 것인데, 그만 실패하고 말았다.

－ 24 －

'여윳돈을 굴려 이자나 받아볼까?'
　그리하여 김태호 씨 조카 김창모, 구장을 하던 허상규, 김창모의 친구 원영만에게 빌려주었는데, 전부 도둑놈들이다. 겉은 좋으나 집 내막은 엉망이다. 하다못해 집달리를 데리고 가서 압류를 하려 하였는데, 김창모는 이미 도망가서 없고 집안에는 아무것도 없다. 실패다.

원영만 집에 가보니 마찬가지다. 이놈도 도망가서 집에는 아무것도 없고, 절구통과 옹기 두 개만 건져 집으로 들고 왔다. 허상규라는 구장 놈은 동네 어른인데, '어장 한다', '시장에서 포목상 한다' 하였지만, 포목상은 빚 때문에 넘어가고 어장도 실패하였다 한다. 집달리는 허상규 집에는 자꾸 안 가려고 한다.
"가보았자 허사입니다."
"그래도 가봅시다."
재촉하여 가보니 이중삼중으로 압류증이 붙어있다. 할 말이 없다. 하늘이 노랗게 보인다. 모두 포기하였다.
내게 남은 것은 절구통과 옹기 두 개뿐이다.

— 25 —

어느 날 작은형님과 장부정리를 하였다.
'몇 달이면 이익이 많이 남았을 것이다!'
그런데 막상 뚜껑을 열어보니 말 못할 적자다. 나는 크게 낙담했다.
한 달에 작은형님 집 식량을 대주고 있고, 작은형님이 담배와 술값으로 소비한다 해도 분명 얼마 되지 않는다. 작은형님은 아무 말이 없다. 나는 유호 엄마와 상의하였다.

"당신은 손 터는 게 낫겠어요."

나는 작은형님에게 서호시장 점포와 물건을 다 내주었다. 나는 새로 장사를 시작했다. 작은형님은 몇 달 하다가 점포도 팔고 물건도 모두 팔아 치워버리고 결국 집에서 놀고 있다. 기가 찰 일이다.

이래저래 번 돈이 결국 이렇게 해서 전부 없어졌다. 처음부터 다시 시작이다.

— 26 —

하루는 큰형님과 작은형님이 밀항선을 타고 일본에 사는 동생 창민이를 찾아간 모양이다. 귀국길에 물자를 많이 가지고 돌아왔다. 큰형님은 우리 처갓집도 둘러보고 온 모양이다. 장모님이 우리 갖다 주라며 일본돈 만 원어치 물자를 형님에게 건넨 모양이다.

나는 물자보다 처갓집 식구가 무사하다 하니 만 원보다 더 반가웠다.

— 27 —

당시 일본과 우리나라는 사람도 정식으로 못 들어가고 편지도 왕래 못 하는 시국이다.

그동안 나는 큰형수와 같이 노점을 보고 있었다. 그 후 큰형님은 자전거 수리하는 점포를 샀다. 거기서 잡화상을 시작했다. 그러다 잡화상은 관두고 여관으로 개조, '동호여관'이라 하여 영업을 시작하였다.

28

그러던 어느 날, 장조카 석호가 학생 때의 일이다.

갑자기 눈이 아프다고 울고불고 야단이다. 큰형님은 의사를 찾아 갔다. 어째 불안하다. 여러 약을 구하여 고쳐보려 노력하였지만 아무 효과도 보지 못하고, 석호는 그만 한쪽 눈을 실명하고 말았다.

그해 석호는 새로 개업한 여관 2층에서 공부하고 있었다. 그러나 눈 때문에 매일 울고 학교도 가지 않는다.

"나는 죽을끼다! 확 자살해뿔끼다!"

매일 큰 야단이다. 어머니는 냉수를 떠놓고 매일 빈다. 큰형님, 큰 형수는 달에도 빌고 나무에도 빌어보지만 매일 할 짓이 아니다. 큰 걱정이다.

나는 그 시절 해안통에서 장사를 하고 있었다.

석호는 매일 2층에 드러누워 있다. 안타깝다. 나는 석호 방에 들어가 석호를 일으켰다.

"석호야. 일어나서 내 말 좀 들어라."

석호는 일어나 앉는다. 눈을 보니 흰자위로 다 덮여있다.

'아, 틀렸구나!'

나는 가슴이 답답하다.

"석호야, 너 큰맘 먹어야겠다. 너는 물론 실망이 클 것이다. 그러나 네 조모님과 아버지, 어머니께서 그렇게 노력하였는데도 아무 효과를 못 보았으니, 당사자인 너보다 조모님, 아버님, 어머님 세 분께서 지금 죽을 지경이다. 그러니 마음 단단히 먹고 학교도 나가고 집안 안심 좀 시켜다오."

나는 계속 타일렀다.

"인생은 이 세상에 탄생할 때부터 사(死)를 업고 나온다. 모든 사람들은 사람 목숨은 하늘에 메였다 한다. 사람이 부상당하고 병신이 되는 것은 운명이라 한다. 석호야, 보아라. 전쟁터에서 부상하여 양팔, 양다리, 두 눈 잃고도 악착같이 살려고 달리고 있지 않는가. 너도 보았지? 양다리, 양팔 다 없어도 남에게 업혀 다니면서 살려고 하지 아니하는가. 네 눈도 팔자에 속한 것이다. 기운내고 열심히 공부하여 조모님, 아버지, 어머니를 안심시켜 드려라. 그리고 네 밑으로 동생도 많으니 정신 똑바로 차리고 열심히 하여야 한다."

"작은 아버지, 잘못하였습니다. 학교도 가고 열심히 하겠습니다."

나는 눈이 번쩍 뜨인다.

"오냐! 석호야, 고맙다."

2층에서 석호를 데리고 내려와 함께 어머니를 찾았다.

"어머니, 석호가 잘못하였다고 하고 학교에서도 열심히 공부할 것이라고 말합니다."

"우리 석호야!"

어머니는 석호를 껴안는다.

"아이구, 내 새끼야. 고맙다."

어머니는 연신 등을 두드리며 기뻐하였다. 석호는 머리도 좋고 하니 그 후 공부도 잘 하였다.

— 30 —

하루는 어머니가 편지를 들고 나를 부른다.

"서울 간 네 동생 창수로부터 편지가 왔다. 돈도 부쳐왔다."

'타지에서 공부하는 몸이 잡비도 모자랄 것인데, 돈까지 부쳐오다니 참 신기하다.'

나는 의아한 마음에 곧장 이 사실을 큰형님에게 전했다.

"창수는 공부하면서 은행에 다니는 모양이다."

"형님. 동생은 공부하랴, 은행 다니랴, 참 고생이 많을 것 같습니다."

"그래, 아무튼 고마움이 크다."

나도 기분이 좋아져 흐뭇했다.

— 31 —

내가 큰집 살 때의 일이다.

하루는 아이들을 목욕시키기 위해 화로에다가 물을 끓였다. 물이 펄펄 끓은 모양이다. 큰형님네 순자가 동생 석원이를 씻긴다고 뜨거운 물을 석원이에게 들어부어버렸다. 뜨거운 물에 석원이가 온몸을 데여 온 집안이 난리가 났다. 큰형수는 아이를 보듬어 안고 어찌할 줄을 모른다.

큰형님는 곧 소아과를 찾아가 의사를 데려왔다.

치료를 한다. 주사를 놓고 흰 약을 온 몸에 바른다. 그러나 아이는 밤새도록 운다.

'이것 참 볼 수가 없다! 암만해도 아이는 살 것 같지 않다.'

나는 낙담했다. 그런데 우연히 밑 동네에 사는 임씨라는 사람이 놀러왔다. 이 광경을 보고 그도 놀라며 서둘러 재촉한다.

"어서 논에 가서 논흙을 많이 가져와 아이에게 덮어씌우시오."

우리 모두 임씨 말에 놀랐다.

'이 아이는 틀렸다……'

나는 지푸라기라도 잡는 심정으로 바케쓰(양동이) 두 개를 들고 논에 가서 흙을 많이 퍼가지고 와서 아이의 온몸에 덮어씌웠다. 그런데 아이는 신기하게도 울지 않고 잠을 잘 잔다. 온몸에서 김이 모락모락 난다. 얼마 있으면 흙이 마른다. 얼른 달려가 또 논흙을 가지고 와 덮어씌운다. 이렇게 며칠을 하고나니 흉터도 없이 말끔히 나았다.

참 신기하다. 알아두어야 하겠다.

— 32 —

세월은 흘러서 어느덧 조카 순자가 커서 남해에 사는 이씨 집안에 출가하였다. 그런데 사위란 놈이 알고 보니 부랑배다. 순자 부부는 큰집 작은방에 기거하였다.

　시간이 흘러 순자가 해산하게 되었다. 그런데 하필 난산이다. 산모를 살리려면 수술을 하여야 하는데, 그만 기계로 무리하게 아이를 끄집어내어 버렸다. 아이는 피투성이가 되어 나왔다. 아이는 살았다. 산모와 아기는 함께 치료를 받았다. 아기는 뒷목덜미와 궁둥이에 지금도 큰 흉터가 있을 것이다. 이 아기 이름은 애리(愛理)다.

　애리는 잘 자랐다. 애리가 두세 살 즈음의 일이다.
　이서방이 허구한 날 술을 마시고 와서 아이를 죽인다며 행패를 부린다. 나는 종종 이서방을 미행한다.
　하루는 빵을 사와서 큰집 건너편 허씨 문중 비석 부근에 서서 아이를 안고 빵을 먹으라며 아이 입에 집어넣는다. 아이는 안 먹는다고 울고불고 하고 있다. 내가 달려들어 아이를 뺏어 집으로 와 빵을 조사해보니 독이 들어있다.
　'이 놈 죽일 놈이다!'
　다시 달려 나갔지만 이서방은 보이지 않는다. 며칠이 지나 집으로 돌아온 모양이다. 어머니와 큰형수는 깜짝 놀란다.

　그 후로 이서방은 검사실 촉탁으로 일하게 되었다. 열심히 한다. 하루는 장사를 하고 있는데, 여관에서 어머니가 달려왔다.
　"한아(창한아), 빨리 와보아라. 큰일 났다!"

어머니 말에 달려 가보니 이서방이 아이를 깔고 앉아 발을 비틀고 있지 않은가. 나는 발로 사정없이 걸어차고 아이를 빼앗았다. 어느새 이놈은 도망가고 없다. 나는 아이를 안고 단단히 일렀다.

"네 아비를 조심하라."

그런데 그 후로 이놈이 칼을 들고 여관집 근방에 서성거리며 소란을 피운다. 낯모르는 놈들도 찾아와서 내게 공갈을 한다. 협박을 한다. 나는 뻗댄다.

"너희들 수십 명이 몰려와도 나는 눈도 깜빡하지 않을 것이다. 해보려면 해보아라!"

몇 달이 지났다.

하루는 과수원 큰집에서 아이들이 달려와 울고 불며 내게 매달린다. 진정시키고 자초지종을 물어보니, 이서방이 집에 와서 행패를 부린다고 한다. 나는 아이들을 뒤로 물리고, 과수원으로 뛰었다. 그런데 조용하다. 들어서니 큰형님과 큰형수, 순자, 이서방이 큰방에 모여 있다. 어머니는 여관에 나가있는 모양이다.

"그래, 형님. 무슨 일입니까?"

"내가 이서방에게 '너희 둘이 갈리든지 이혼하라!' 하였네."

큰형님의 말을 듣고 이서방이 발악을 한 모양이다.

"이서방, 너! 이 집은 양반집이다. 네가 이 모양이 된 것도 너희 집안의 모친 때문에 네가 서러움을 많이 겪은 탓인지 싶다. 너는 본마음으로 깡패가 된 것도 아니다. 인간은 근본을 잃어서는 안 된다. 나는 다 알고 있다. 나도 너를 몇 번이고 용서하였고, 너희 둘이 잘 살도록 하게 하려고 큰형님께서도 많이 용서하셨다. 그리고 큰형님께서 너를 검사실에 근무시킨 것도 너희들 잘살라 하여 해주신 것인데, 너는 매일같이 이 모양이니 더는 참을 수가 없다. 네가 네 처와 아이가 보기 싫어서 이리하니, 잔말 말고 당장 이혼하여라! 형님, 종이와 붓을 가지고 오시오."

큰형님이 이혼장을 썼다. 순자가 도장을 찍었다.

"이서방도 도장 찍어라."

이놈이 아무 말도 하지 않고 가만히 앉아있다. 나는 다시 재촉했다. 결국 이놈이 지장을 찍었다.

나는 마음 아프다. 매번 둘을 살게 해볼까 하여 힘도 많이 써보았으나, 아이 낳고 갈수록 더하니 순자가 공포에 떨며 사는 것을 나는 더는 못 보겠다. 삼촌으로서 못할 짓이다. 그러나 하는 수 없다. 나는 이서방에게 선언하였다.

"이제 이 시간부터는 남남이다. 만약 이후로 집에 와서 행패를 부리면 나도 가만히 있지 않는다. 당장 너희 고향 남해에 가서 못살게 행패를 놓겠다."

그 후로 이놈이 어디로 갔는지 나타나지 않는다. 조카 순자는 결혼에 실패하였다. 생각하니 기가 찰 노릇이다. 세월이 흘러 순자의 딸 애리는 잘도 자라 외국 가서 잘 산다.

명도 참 길다. 애처롭다.

어느 날 노점에서 장사를 하고 있는데 노총 사람이라 하면서 두세 명이 일일이 노점상 하는 사람을 찾아서 가입하라고 재촉하며 돌아다닌다.

"만약 가입하지 않으면 장사 못한다!"

공갈을 놓고 다닌다. 알고 보니 보도연맹이라는 단체다. 내게도 찾아왔다. 한 사람은 동생 창민의 처가 쪽으로 사돈이 되는 사람이다. 이 사람도 노점을 하고 있다. 나더러 자꾸 가입하라며 귀찮게 군다.

"나는 절대로 가입 안한다. 우리 할아버지께서 '도박, 어장 단체에는 절대로 들지 말라' 하셨기에 나는 단체에 가입 안한다."

하지만 자꾸 귀찮게 구니 나는 아무것도 모르는 양하고 코끝으로 지장을 찍었다. 그놈들도 어이가 없었는지 웃으면서 가버렸다.

며칠이 지났다. 하루는 형사 두 명이 찾아왔다.

"잠깐 서(署)로 갑시다."

그 당시는 경찰서만 갔다 하면 병신 아니면 떡이 되어 나오는 시국이다.

'옳지, 코로 지장을 찍었으니 그것 때문에 나를 데리고 가는구나.'

나는 형사들을 따라 경찰서로 들어갔다. 내가 들어간 곳 명패를 보니, 사찰계다. 주임은 종이를 내놓는다.

"이것 아시오?"

힐끔 보니 내가 코로 찍은 가입서류다. 나는 안다고 말하였다. 노발대발이다. 옆에 서있던 형사들이 웃는다.

"절대로 가입 안한다고 말하니 아무것이라도 찍으라 해서 '그럼 좋다!' 하여 코로 찍었습니다."

"아니, 온 세상에 코로 지장을 찍는 놈이 어디 있단 말인가!"

주임은 혀를 차면서 가입서류를 갈기갈기 찢어버렸다. 주임이 나가라고 한다. 나는 경찰서에서 나왔다. 경찰서에는 매일 사람 패는 소리, 사람 비명소리뿐이다. 이루 말할 수가 없다. 훗날 알았지만 연행된 남노당 분자들이다.

— 34 —

내 나이 서른두 살이 되었다. 6 · 25 사변이 터졌다.

통영 읍내도 사람들이 소곤소곤한다. 사람을 많이 잡아갔다. 젊은 사람은 길에 다니지 못한다. 경찰관들은 나를 잘 아니, 나는 잡아가지 않는다.

그런데 경찰서 뒤 광장에서는 매일 밤 트럭에다 사람을 막 싣고 어디론가 떠난다. 매일이다.

— 35 —

인민군[11]들은 어찌나 빠른지 벌써 고성을 지나고 도산을 거쳐 노산까지 들이닥쳤다. 우리 국군은 안뒷산(鯥艎山) 고지에다 장거리 기관총을 설치해 두고 원문 쪽으로 갈긴다. 인민군은 노산리까지는 왔지만, 며칠간 원문고개를 넘어오지 못한다.

그때 읍내 사는 사람들은 피난을 나갔다. 읍내에서는 김채호(金采鎬), 이정규(李廷圭) 씨 등 지역 유지들이 모여 읍민대회를 열고 연설을 하였다.

"우리 통영 읍내는 원문고개가 있어 자고로 육로로는 적이 침범 못하는 고장입니다. 우리 읍민들은 피난 갈 것 없으며 피난 간 사람들도 다 돌아오시기 바랍니다."

그리하여 피난 간 사람들이 한 사람 두 사람 다시 모여들었다.

— 36 —

한 이틀 지나니 새벽녘에 사람소리가 나고 이웃사람들이 와자지껄한다.

일어나 밖으로 나와 보니, 인민군들이 원문고개를 통과하여 길 양쪽으로 한 줄로 걸어오는 게 아닌가. 이제 안뒷산 고지에서는 기관총소리도 나지 않는다. 인민군들은 북신동에 있는 진수복네 매가리간을 본부로 정하였는지 거기에 군인들이 우글우글하다.

'이것 큰일 났구나!'

서둘러 유호 엄마에게 두 살배기 딸 유선을 업히고 보리쌀 삶은 것을 이게 하고, 나는 잡화 가방을 들고 열 살 유호와 여섯 살 유상을

---

11) 1950년 8월 16일 경남 고성군 방면을 통하여 통영으로 진격 개시한 인민군 제7사단 제51연대와 제104치안연대 소속 650여 명의 병력

이끌고 대문을 잠그고 집을 나왔다. 인민군은 이제 유영학교 앞까지 들어와 있다.

— 37 —

'다 같이 가다 잡히면 안 되겠구나.'

유호 엄마에게 아이들을 데리고 큰길로 가라 일러두고, 나는 북신동 공설운동장으로 통하는 골목길로 간다. 그런데 유영학교 앞에서 누군가 소리를 지른다.

"게 섰거라!"

얼른 돌아보니 장교 한 명과 사병 두 명이 논길로 걸어온다. 나는 섰다. 유호 엄마와 아이들도 사병 뒤로 따라온다. 장교는 권총을 빼들고 다가온다. 그리고 내 옆구리에 권총을 들이댄다.

"어디 가느냐?"

"일하러 가오."

"집이 어디 있음?"

"조금 가면 있소."

"그럼 집으로 가자."

장교는 권총으로 내 등을 떠민다. 유호 엄마가 살려달라고 애원한다.

"시끄럽다!"

나는 일부러 크게 나무란다. 결국 집으로 되돌아온 것이다. 대문을 열었다. 장교가 들어온다.

"와, 이 조그만 집에서 사나? 참 볼 것도 없는 집이다."

장교도 기가 막히는지 말을 잇지 못하다 입을 연다.

"다른 사람은 다 피난 갔는데, 너희들은 왜 피난가지 아니했는가?"

— 38 —

"아무것도 모르오. 나는 전쟁이 무엇이고, 피난이 무엇인지 모르오."

내 대답에 장교는 피식한다. 졸병들은 문밖에서 보초 서있다.

"그럼 식구들 데리고 어디로 가는가?"

"물건도 팔고 농사일도 거들러 촌으로 가는 길이오."

그때 불현듯 내 지갑에 도민증과 청년단 훈련계장 신분증이 들어 있다는 사실이 떠올랐다.

'만약 도민증 보자고 하면 훈련계장 신분증도 같이 나올 것이다.'

큰일 났다 싶어 재빨리 장교에게 말을 건다.

"나, 변소에 대변을 좀 보고 오겠소."

"변소가 어디 있나?"

"집 앞에 바로 있소."

장교는 슬쩍 바깥을 쳐다본다.

"뭐 이따위 변소가 다 있나?"

나는 변소로 들어간다. 앉아서 지갑을 살짝 꺼내어 훈련계장 신분 증을 변소 안으로 떨어뜨리고 막대기로 휘젓는다. 나는 바로 집으로 들어와 청에 앉는다. 다시 장교는 내게 묻는다.

"이 가방 안에 무엇이 들었소?"

"돈하고, 파는 상품이오."

"그럼 어디 한 번 봅시다."

나는 가방을 열어 보였다.

"이것이 양말이요."

"이 양말 얼마하오?"

"80원이요."

"비싸다. 우리 북에서는 10원이면 산다."

장교는 이리저리 살피다가 화장품 로션을 보더니 꺼낸다.

"이것은 한약이지?"

나는 손에 부어 얼굴에 발랐다. 향내가 난다.

"북에는 없는데 냄새가 좋다. 그건 그렇고 도민증이라는 게 있다 하는데, 한 번 보여 달라."

나는 얼른 꺼내서 보였다. 직업은 '商業(상업)'이라고 적혀 있다.

"손 좀 봅시다."

장교에게 손을 보였다. 내 손바닥에는 언제나 못이 박여 있다. 고개를 한 번 끄덕하더니, 이번에는 유호 엄마가 이고 가던 보리쌀 삶은 것을 보고 묻는다.

"이것이 보리밥이요?"

"이 밥이 우리 식구 점심이오."

"그럼 이 밥을 먹고 사오?"

나는 말없이 고개만 끄덕하였다.

　장교는 보리밥을 조금 입에다 넣고 씹는다. 보아하니 장교도 매우 배가 고픈 모양이다.

"저 두 분하고 같이 드시오."

"허, 고맙소."

　사병 둘을 불러들여 셋이서 깻잎과 된장까지 맛있게 먹어치운다. 다시 내게 묻는다.

"개새끼 집은 어디 있으며, 창고는 어디 있는고?"

"나는 이 읍내도 잘 모르고 이웃도 모르오. 나는 우리 식구 데리고 아침 일찍 촌에 가서 일하고 물건 팔고 밤늦게 들어오니 알 길이 없소."

　장교는 고개를 끄덕하면서 나가려 하는데 내가 붙잡고 물었다.

"우리 식구가 저 산 너머로 가야 하는데 갈 수 있는지?"

"지금은 위험하니 조용해지거든 가시오. 그리고 이건 밥값이오."

　200원을 던지고 아래로 다 내려갔다.

'휴우, 이제 살았다.'

　나는 안심하였다.

　그런데 어찌하여 큰집까지 가나. 큰집 가는 길목에 그놈들이 우글우글한데 걱정이다.

　그때 이웃에 사는 동사무소 서기의 어머니가 강(姜) 서기를 데리고 우리 집으로 찾아왔다.

"우리 아이 좀 살려주소!"

 아들을 데리고 우리 집 정기로 들어가더니, 숯검정을 손에 발라가지고 아들 얼굴에다 문지르니 얼굴이 까맣고 우스운 모습을 이루 말로 표현할 수가 없었다.

— 42 —

 마침 어머니가 집에 왔다. 반갑다.

"어머니 모시고 먼저 가라."

 유호 엄마와 아이들에게 당부하고, 나는 오후에 가방을 들고 집에서 나왔다. 밑에는 사람이 다니지 않는다. 우글우글하는 인민군뿐이다.

 나는 큰길로 나왔다. 인민군들을 보아도 아무 일이 없다. 진수복 매가리간에는 누런 빛깔의 계급장이 번쩍번쩍 한다. 나는 큰집 있는 고갯길을 바라보았다.

 '저 고개만 넘으면 되는데…….'

 아무도 고갯길을 걷는 사람이 없다. 나 혼자 가면 반드시 의심을 받을 것이다. 나는 가방을 들고 아예 인민군 본부 안으로 들어섰다.

"양말 사시오! 손수건 사시오!"

 인민군 한 놈이 내게 다가오더니 고함을 지르며 나를 밀어낸다.

"나가지 못해? 정신없는데 양말이 다 무어냐!"

 나는 쫓겨 나왔다. 인민군들이 나를 처다보며 외친다.

"저 자식 정신 돈 놈이다. 빨리 꺼지라."

'이때다!'

나는 병신 행세를 하면서 무사히 고갯길을 넘는다.

'다리야, 날 살려라!'

고개를 다 넘어서는 큰집으로 달음을 친다.

— 43 —

큰형님을 만났다.

"읍내는 어떠하더노?"

"읍내는 모르지만 진수복의 집이 인민군 본부인가 싶습니다. 유영학교에도 인민군이 많이 있으니 수백 명이 넘을 것입니다."

그리고 조금 있으니 동네에서 산파 일을 하는 옥련네 식구 일부가 큰집으로 피난을 왔다.

— 44 —

이튿날 새벽이 되자 군인들이 큰집이 있는 과수원 일대를 공격한다. 큰집은 발칵 뒤집어졌다. 미늘고개 방면이다.

'아뿔싸, 인민군이 뒤쪽에서 치고 들어왔구나!'

큰형님과 나는 남자인지라 얼른 허씨 문중 비석 있는 곳으로 피신하였다. 저 멀리 보니 군인이 한 사람, 두 사람 건너온다. 군인은 집 앞까지 왔다. 어머니는 군인을 보고 애원한다.

"제발 살려 달라."

"안심하시오. 우리는 국군이오."

나는 유심히 살펴본다. 군복이나 말소리가 인민군과 어긋나니, 국군이라고 믿을 수밖에 없다. 국군은 군복 앞에 노란 헝겊을 달아 표시한다. 머리는 길다. 인민군은 그 표시가 없고, 머리는 빡빡머리다. 국군은 장총 끝에 칼이 꽂혀 있고, 인민군은 장총 끝에 세 가닥 난 창이 꽂혀 있다. 나는 큰형님과 함께 달려 나간다.

"어머니! 이 군인은 국군이올시다."

"그러고 보니 우엣말을 하는데……."

어머니는 그제야 안심하고 군인에게 연신 고맙고 수고한다고 말한다. 군인 두세 명이 무전기로 연락을 하니 1개 소대 가량의 군인이 큰집으로 들이닥쳤다. 소대장은 어머니와 큰형님과 여러모로 이야기를 하더니, 큰집을 소대본부로 정하였다.

— 45 —

군인들은 큰집 앞산에 올라 읍내가 내려다보이는 곳에 흙을 파고 기관총 몇 대를 설치한다. 나는 군인에게 물었다.

"어디서 상륙하였는가?"

"우리는 해병대다. 진해에서 왔다.[12]"

---

12) 해병대 김성은(金聖恩) 부대가 인민군이 점령하고 있는 통영반도에 최초로 상륙작전을 감행, '귀신 잡는 해병대' 평가의 시초가 된 '통영상륙작전'

고맙고 반가웠다. 나는 열심히 군인들 뒷바라지를 하였다. 군인들은 골고루 배치되었다. 소대장 명령만 기다린다.

점심때다. 군인들은 배부르게 점심을 먹는다. 취사반에는 음식물품이 많이 있다. 우리 집에서도 많이 얻어먹었다. 오후 한 시가 되자 소대장은 명령을 내렸다.

"총사격!"

고지에서 진수복 집 쪽을 향하여 집중 공격하니 순식간에 불바다가 되고 인민군들은 사방으로 흩어져 달아난다. 통쾌하다.

— 46 —

방화섬(芳華島) 부근에서 함포사격을 하니 사방에서 연기와 불꽃이다. 국군은 시가전에 돌입했다. 포로도 많이 잡았다. 큰집 앞 박씨 묘소에서 포로들을 심사하여, 말 없는 포로들은 진해로 압송한다. 그리고 말을 안 듣고 소란을 피우는 놈들은 멀리 데리고 가서 총살이다.

— 47 —

나는 이삼일 만에 국군을 따라 읍내로 들어왔다.

첫 번째로 우리 집으로 가보았다. 집은 무사하다. 그러나 이웃사람 몇몇이 죽어있다.

나는 경찰서로 갔다. 경찰서는 텅텅 비어있고, 해병대 군인만 있다.

— 48 —

나는 동호동 작은형님 집으로 가보았다. 아무도 없다. 작은형님네는 거제 둔덕에 있는 처가로 모두 피난 갔다고 한다.

그런데 항구에 가보니 시체 투성이다. 나중에 알았지만, 이들은 보도연맹 가입자들이고 동충 멸치창고에 감금당했던 사람들이라고 한다. 인민군이 통영에 들어오는 날 밤 모조리 항구로 몰아서 죽인 사람들 시체다. 참 무참하다.

이럴 수가 있나. 자꾸만 눈물이 난다.

— 49 —

큰집의 해병대원들은 약 열흘 가량 주둔하고 철군했다.

우리들도 집으로 돌아왔다.

— 50 —

읍내에서는 자치대가 조직되었다.

피난에서 돌아오는 사람들 가운데 도민증이 없는 사람, 인민군에게 밥을 준 사람, 인민군을 피신시킨 사람들을 수사하여 또 멸치창고에 가둔다. 그리고 조사하여 하루 7~8명, 많을 때는 15~16명씩 손을 묶고 멸치 포대에 '利敵(이적)'이라는 빨간 글씨를 써서 머리에서 얼굴까지 씌운다. 그리고 읍내를 한 바퀴 돌고 명정동 뒷산에 올라가서 총살한다.

그 후 정부에서 명령이 내려와 창고에 갇힌 사람들이 모두 풀려나온다. 다들 하늘을 보고 땅을 치며 통곡이다. 자치대는 해산했다.

그 뒤 국민방위군이 생겼다. 대장은 추규수(秋圭秀), 부대장은 김병준(金炳俊)이다.

— 51 —

1지대, 2지대, 3지대가 통영 읍내에 있었다. 새벽 5시경부터 약 1시간 정도 매일 훈련을 하고 있었다. 나는 2지대 통영상업중학교 교정에 있었다.

그런데 하루 대여섯 명씩 트럭에 태우고 떠난다. 내 외사촌 근석이도, 근석이의 동서 유씨도 트럭에 태우고 떠났다. 트럭을 타고 간 사람은 한 사람도 보이지 않고 돌아오지도 않는다. 이것이 근석 동생의 마지막이다.

사람이 자꾸 적어진다. 처음에는 훈련장에 80명 이상 모였는데, 이제는 열 명 정도 남았다. 떠났던 사람은 단 한 사람도 돌아오지 않으니, 도무지 이유를 알 수가 없다.

교관이 한 사람을 불러낸다. 다음에는 나를 부른다. 나는 모르는 체하고 물었다.

"어디로 가는 것입니까?"

"저 트럭을 타고 가면 안다."

"며칠만 여유를 주소. 삼촌이 사망하였는데 장사지내고 가겠습니다."

"너희 삼촌이 어디 사는데?"

"삼정여관입니다."

마침 삼정여관 주인이 죽어서 상중이기에 재빨리 지어낸 말이다. 교관은 정색한다.

"안 돼. 위급한 시국에 초상이 무어냐. 이놈이 안 가려고하니 기합을 주라!"

2지대장은 내가 아는 사람이지만, 교관은 통 모르는 사람이다. 부하가 나를 기합 주는 창고로 데리고 간다. 그리고 손을 뒤로 하여 철사 줄로 묶는다.

"갈 것인가, 안 갈 것인가? 안 가면 이 방망이로 갈긴다."

나는 덜컥 겁이 난다. 하지만 한 번 으름장을 놓아본다.

"만약 방망이로 나를 때리면 너희들이 좋지 못할 것이다!"

부하는 방망이를 잡고는 있으나 감히 때리지는 못한다. 부하라는 놈이 나간다. 한참 있으니 들어온다.

"맛을 좀 더 봐야 정신을 차릴 것이냐? 본부로 가자!"

본부에는 거제 사람인데, 성은 김씨이고, 별명은 '꼬시래기'라고 하는, 사람 패는 데 일가견이 있는 사람이 있다. 인정사정도 없는 사람이다.

하지만 나는 그와 안면이 있다. 조금은 안심이 된다.

— 53 —

부하는 나를 데리고 멘데로 해서 항북을 지나 철사 줄에 묶인 채로 해안통 큰집 여관 있는 곳을 지나간다. 사람들이 쳐다본다. 한참 가니 큰형님이 달려왔다.

"동생, 어찌된 일이야?"

나는 아무 말도 못하고 걷는다.

본부에 도착했다. 본대는 그 당시 적옥(赤玉)다방 건물 2층이다. 올라가니 부하라는 놈은 안에 들어가서 보고를 하는 모양이다.

큰형님이 대장실로 들어간다. 조금 있으니 '꼬시래기' 김씨가 야구 방망이를 들고 나온다. 나는 김씨와 고개를 끄덕하고 인사했다.

"아니, 정 계장. 이게 어찌된 일이요?"

큰형님이 뒤따라 나온다. 큰형님은 김씨에게 철사 줄을 풀라고 한다. 그리하여 나는 큰형님과 함께 무사히 집으로 돌아왔다. 그 후 어머니가 어찌 알고 그 교관 집을 찾아가 사단이 난 모양이다. 그 집에서 백배사죄하며 어머니를 달래서 어머니는 결국 여관으로 돌아왔다.

통영에도 피난민이 많이 들어왔다. 읍내는 물론이고, 통영 인근의 거제, 도산, 노산까지 피난민으로 가득하다. 사방에 바라크 집이 들어선다.

마침 경찰서 묵인 하에 해안통 일대에 바라크 점포가 생겨났다. 앞집 점포에서는 크게 반대하였지만, 피난민 숫자가 워낙 많으니 경찰서에서도 말 못하고 해서 안심하고 조합을 만들었다. 조합장 겸 총무는 피난민 임원규(林元圭)다.

나는 어느 날 장만호를 찾아갔다. 장만호는 대한청년단 훈련과장이다. 둘이서 단장을 찾아갔다. 대한청년단 통영지부 단장은 박종옥(朴宗玉)이다. 박종옥은 통영체육협회 회장이고, 다방도 경영하고 있었다. 끗발이 세다. 둘이 의논한 끝에 나는 태평동 대한청년단 부단장이 되었다.

당시는 사람을 많이 잡아서 소위 보국대(報國隊)에 보내는 시국이었다. 나는 보국대에 안 가려고 입단한 것이다. 경찰서와 대한청년단이 합동이다. 그 당시 동네반장과 대한청년단 간부는 잡아가지 않았다. 상부에서 통영에 몇 십 명씩 할당한 인원을 채워서 트럭에 싣고 마산으로 간다. 장날이면 각 섬에서, 또는 촌에서 아무것도 모르고 청년들이 장보러 나온다. 아예 뱃머리에다 트럭을 대놓고 무조건 30대, 40대, 50대 남자는 잡아서 싣고 경찰서 유치장에다 가둔다. 그리고 읍내를 돌아다니면서 잡아온다.

— 55 —

하루는 아침 일찍 우리 집에 형사 두 명이 찾아왔다.

"정 선생, 같이 나갑시다."

나는 또 사람 잡으러 가는 줄 알았는데 이번에는 나를 경찰서로 데리고 가더니 유치장에다 가둔다. 안에 있는 사람들을 보니 태평동 대한청년단 간부들과 반장들이다. 그날 저녁에 우리들은 읍사무소 2층의 넓은 방으로 옮겨졌다. 감시가 너무 심하여 모두 꼼짝도 못한다.

하룻밤을 잤다. 어머니와 유호 엄마가 면회를 왔다.

"걱정 말라."

안심시키고 나서 가지고 온 음식을 잘 먹었다.

대한청년단 본부와 읍내가 발칵 뒤집혔다. 장만호가 웬 증명서를 가지고 왔다.

"형님! 이 증명서를 가지고 가면 면제받을 수 있을 겁니다. 안심하십시오."

내게 건넨다. 증명서를 보니 근사하다. 나는 기쁘다.

하지만 이튿날 우리들은 배편으로 마산항에 도착했다. 밤이다. 사방이 어둡다. 도망가는 사람도 있다. 인솔자는 우리를 어느 학교로 인솔하였다. 군에서는 통영이 가장 늦게 왔다며 인솔자를 나무란다. 조사고 뭐고 간에, 몸에 지니고 있는 물자는 돈 이외에 모조리 압수다. 물론 나도 돈 이외에는 그 증명서까지 몰수당하였다.

그러고 있으니 한참 후에 호명하는 사람은 앞으로 나오라 한다. 몇 명 불려나갔다. 내 이름은 나오지 않는다. 다 불렀다. 부른 사람과 안 부른 사람을 따로따로 세운다. 조금 있으니 트럭이 왔다. 안 부른 사람은 차에 타라고 한다.

'아뿔싸!'

군인들은 총을 들고 감시가 엄중하다. 트럭은 역으로 나가 우리를 기차 화물칸에 싣는다. 기차는 출발하였다.

— 56 —

기차는 대구역에 도착하였다. 다시 트럭을 타고 대구 KSC에 도착했다. 사람도 참 많다. 수천 명 이상이라 생각했다. 우리들은 분산되어 입실하였다. 권필규, 차태민, 거제사람 이씨, 도산사람 윤씨, 우리 다섯 명은 똑같이 행동하였다.

약 5일 가량 거기서 머물다가 이제 우리가 떠날 차례가 되었다. 수십 명을 세워두고 인솔 책임자가 말했다.

"우리는 이제 출발합니다. 6개월 내지 8개월이면 교대합니다. 우리들은 나라를 위해 일심으로 투쟁할 것이며, 부디 몸조심하기 바랍니다."

우리 일행은 출발하였다. 동생 창수가 면회를 왔다 하나, 나는 이미 떠난 후였다. 고맙고 섭섭한 일이다.

— 57 —

대구에서 출발한 후 대전, 청주, 수원, 서울, 의정부, 동두천을 지나 연천 적성군 고랑포에 닿았다. 길가에는 사람이 없고 군인뿐이다. 집들은 불에 타서 하나도 보이지 않는다. 서울에서 의정부, 동두천까지 너무나 비참하다. 전쟁은 절대로 일어나서는 안 되겠다.

도중에 골고루 부대에 분산되어 우리들은 제일 마지막에 다섯 명이 배치되었다. 최전방인 것이다. 나의 소속은 제101노무사단 120연대 3대대 12중대이며, UN 소속 영국군 부대에 배속되었다.

우리 한국인 노무자들은 영국군 부대의 '보국대'인 것이다. 철조망 운반, 탄약 운반, 물 운반 그리고 청소를 하여 준다. 우리들이 중대에 처음 들어왔다 하여 대환영이다. 중대에서 큰 잔치를 열어준다. 그리하여 각 소대에 한 명씩 배치되었다.

아침 해 뜰 무렵과 해 질 무렵에는 쌍방에 치열한 총소리다. 대포소리, 기관총소리, 박격포소리 등 큰 소란이다. 우리들은 방공호에 들어가 벌벌 떤다. 중대본부는 제1선, 대대본부는 제2선, 연대본부는 후방에 위치한다.

우리 중대는 제1선에서 매일 소대원을 전방과 교대시킨다. 큰 트럭으로 대원을 싣고 약 20~30리 간다. 적과는 약 1킬로미터 거리다. 내 눈에는 저 멀리 인민군이 왔다 갔다 하는 모습이 잘 보인다. 우리 중대에는 6개 소대가 있다. 인원은 280명 이상이다. 1개 소대에 보통 40~50명이다. 중대본부에는 의무대, 행정실, 보급실, 취사장이 있다. 매일 1~2명 정도 부상자가 생긴다. 매일같이 대포소리, 총소리 때문에 잠을 잘 수가 없다. 후방까지는 수백 리나 떨어져있다고 생각된다. 어찌하면 8개월을 무사히 근무하고 고향으로 가겠는가. 이대로 최전방에서 왔다 갔다 하다가는, 부상당하는 것은 십중팔구이다. 입대한지 어느덧 1개월이 지났다.

— 58 —

나는 매일 아침 일찍 일어나서 중대본부 안팎을 깨끗이 청소하였다.

하루는 행정관이 묻는다.
"형은 글을 압니까?"
"네, 조금 압니다."
"그럼 이 종이에다가 이대로 써보시오."
'이때다!'

나는 내심 쾌재를 부르며 정성껏 썼다. 행정관이 내 글씨를 본다.

"형은 잘 씁니다. 우리를 도와서 교대할 때까지 거들어 주시오."

나는 하늘로 올라간 기분이다.

그리하여 나는 행정사무를 보게 되었고, 전방에는 나가지 않았다. 종종 중대본부까지도 총알이 날아오기도 한다. 큰 막사가 여러 군데 있으니 피해를 보기도 한다. 하지만 최전방보다는 낫다. 오래간만에 집에서 부친 편지가 왔다. 어찌나 검인이 많은지, 편지 겉봉은 온통 도장뿐이다. 막상 편지를 받고 보니 어머니와 아이들이 보고 싶다. 눈물이 난다.

— 59 —

하루는 권필규가 나를 찾아왔다.

"형님, 알다시피 나는 3대 독자입니다. 암만해도 살아서 고향에 가기는 틀렸습니다. 그러니 형님께서 아무도 모르게 내 다리를 부러뜨려 주시오. 중환자는 제대하여 집에 가게 되니까요."

나는 기가 찼다.

"그걸 말이라고 하나? 다시는 날 찾아오지 말라. 우리 통영 사람 다섯 명은 무사히 끝마치고 집에 돌아갈 것이니 참아라!"

슬프다. 애처롭다. 둘이서 손을 잡고 울었다.

60

하루는 차태민이가 영국군 홀 청소를 하다가 시계를 훔쳤다 하여 영국부대에서 잡아갔다고 한다.

'이것 큰일 났구나!'

나는 당장 영국부대로 달려갔다. 차태민은 '멍키하우스'라는 철창 집에 갇혔다. 나는 통역관을 찾아갔다. 말을 잘 하여 꺼내달라고 부탁하였다.

"내 입장이 곤란하다."

"여기는 영국군 부대 아니요? 우리 노무자가 시계를 훔쳐 우리 한국사람은 전부가 나쁜 사람이고 도둑놈이라는 말이 나돌면, 당신도 한국사람이니만큼 의심을 받을 것입니다."

내 말에 통역관은 난처한 모양이다. 증거가 확실하니 어찌할 도리가 없다고 한다. 사실 그랬다.

나는 거듭 통역관을 설득했다.

"이 사람은 머리가 돈 사람이고, 우리 부대에서 교대할 때까지 보호하고 있었다고 말을 잘 해보시오."

통역관은 웃는다.

"그럼 같이 가봅시다."

둘이서 영국군 본부로 갔다. 통역관은 한참 말하고 손을 머리에 올리면서 "머리가 돈 사람이요" 하는 모양이다. 영국군 장교는 통역관에게 나를 가리키며 내가 누군지 묻는다.

"한국부대 행정관이다."

통역관이 답하자, 장교는 손을 내밀어 나와 악수하고 장교 한 명과 사병 두 명을 대동하여 '멍키하우스'로 간다. 통역관과 무어라고 장교가 말을 한다.

"책임은 내가 질 터이니 꺼내 달라."

내가 얼른 거들었다. 장교가 사병에게 말하니, 사병이 서류를 내밀며 서명을 요구한다. 나는 서명을 하였다. 장교는 자꾸 손을 머리에 올리면서 '갓뎀'이라고 한다.

"머리가 돈 사람은 우리도 싫다."

장교는 사병을 시켜 문을 열고 차태민을 불러내었다.

— 62 —

나는 사정없이 차태민의 뺨을 때렸다. 그리고 나도 손을 머리에 올리고 큰소리를 지르면서 차태민을 밀면서 부대로 돌아왔다. 후에 통역관은 나를 찾아와서 고맙다고 인사하였다.

— 63 —

나는 부대에서 중대장 이하 여러 대원들에게 인기가 대단히 높았다. 부대 내는 이제 내 세상이 되었다. 권필규는 중대본부 목수로, 차태민과 이씨는 취사반으로, 윤군은 나의 비서 겸 연락병으로 앉혀 우리 통영사람 다섯 명은 다 같이 중대본부에서 일하게 되었다.

— 64 —

입대한지 그럭저럭 6개월이 지났다.
얼마 있으면 교대할 날이 올 것이다. 아군 정찰기는 하늘 높이 날고 있다. 우리 중대도 전사자가 난다. 멀리 떨어져 있는 9중대가 대포에 날아갔다. 우리 중대도 야단이다.

— 65 —

하루는 전방에서 교대로 돌아오는 트럭이 전복되어 5미터 언덕 아래로 굴렀다. 다행히 전사자는 없지만 중상자와 부상자가 많이 생겼다. 권필규도 다리에 부상을 입었다. 의무실은 큰 소란이다. 중환자는 대전 육군병원에 입원하게 되었다. 대개 거기 입원하면 제대한다. 권필규는 이때다 싶었는지 나를 찾아와 읍소한다.
"형님! 형님 손에 달렸으니 나를 대전 병원으로 보내주시오."
나는 기가 막혔다.
"다른 부상자를 보면 넌 아무것도 아니다. 의사가 보면 웃을 것이다. 그러니 다른 방도가 없다."
서류는 내가 작성하니 말이다. 그런데 이놈이 어떤 일을 꾸몄는지, 양쪽 무릎이 말이 아니다. 피를 흘리고 퉁퉁 부었으며 살살 기어 다닌다.

— 66 —

나는 13명이나 되는 중환자를 대전병원으로 보내기 위한 서류 작성을 마쳤다. 그 중에 권필규의 이름도 넣었다. 작성한 서류는 영국부대 의무대로 보낸다. 그러면 영국부대 의무반 의사들이 나와서 재검사를 한다.

"형님, 참 고맙습니다. 이 은혜 잊지 않을 것입니다. 만약 고향에 가면 형님 집에 찾아가서 형님 덕택으로 나왔다고, 형님은 편안히 잘 있다고 전하겠습니다."

권필규는 영국부대 병원차를 타고 떠났다. 참 섭섭하다.

— 67 —

어느덧 입대한지 8개월이 되었다,

나는 연대 본부를 찾았다. 복무교대에 관해 물어보았다. 연대 인사과에 의하면 곧 교대할 것이라고 한다.

— 68 —

나는 중대본부 행정관이 되었다.

하루는 차태민이 나를 찾아왔다.

"형님. 고향 소식 들었습니까?"

"무슨 소식?"

나는 되묻고 함께 화롯가에 앉았다. 오늘은 매우 춥다.

"고향에서 창경호(昌慶號)[13]가 물에 가라앉아서 사람이 다 죽었다 합니다."

"어디서 들었는가?"

"편지에 적혀 있습니다."

"참 안됐구나."

"저기, 형님. 형님 끝의 동생이 죽었다 합니다."

"뭣이? 당장 편지를 가지고 와!"

차태민이 편지를 가지고 왔다. 나는 놀란 눈으로 편지를 읽었다.

'정 선생 끝의 동생이 창경호 사건으로 사망하였으니, 전하여 주시오.'

나는 눈앞이 깜깜했다. 그리고 기절했다. 차군이 나를 흔든다. 의무반에서 의사가 와서 자꾸 주무르라고 한 모양이다.

나는 정신을 차렸다.

'설마! 내 동생 창제에게 만약 이런 일이 생겼다면, 차군보다 집에서 내게 먼저 편지가 올 것 아닌가? 어, 그리고 보니 내가 어릴 적 일본

---

13) 1953년 1월 9일, 부산 다대포 해상에서 정기여객선 창경호가 침몰하여 300여 명의 승객이 익사한 사건

으로 갈 때 탔던 연락선 이름도 창경호였는데……'

나는 믿지 않았다. 하지만 묘한 기분이 들었다.

1월 말에 큰형님이 편지를 부쳐왔다. '동생 사망'이라는 말은 없고 '일신 조심하고 무사히 제대하여 고향에 빨리 오너라'뿐이었다.

'그러면 그렇지!'

나는 안심하였다.

— 69 —

입대한 지 10개월이 되었다.

하루는 고랑포와 고왕리, 두일리 근방에서 큰 전투가 벌어졌다. 각 고지에는 인민군과 중공군이 물밀듯이 밀어닥쳤다. 산 밑이 온통 불바다다. 아군 헬리콥터가 여러 대 날아온다. 고지의 아군을 싣고, 탱크도 물고 날아갔다. 적군은 고지까지 올라가 점령하고 만다.

몇 시간 있으니 아군 폭격기 대여섯 대가 날아와서 고지를 폭격한다. 불바다다. 산이 까진다. 푸른 산이 몇 시간 후에 붉은 산이 되어 버렸다. 시체는 산더미다.

각 고지는 이리하여 아군이 도로 점령하였다. 참 겁이 난다. 우리 부대는 총동원되어 영국부대를 따라다니면서 모든 것을 운반하여 준다. 부상자도 많이 생겼다. 여기저기 탄환이 날아와 박힌다. 우리 부대는 복귀하였다. 부상자도 많다.

― 70 ―

그런데 중대장과 소대장 두 명이 돌아오지 않는다. 대대와 연대에 보고한다. 그런데 우리 부대에는 중대장이나 소대장을 희망하는 자가 없고, 다른 부대에서도 아무도 12중대는 안 가려고 한다고 한다.

육군본부와 사단에서는 공문서를 자주 보내온다. 우리 부대는 며칠에 걸쳐 중대 상황과 각종 보고서를 작성하여 연대로 제출한다.

― 71 ―

그리하여 하는 수 없이 내가 중대장 대리를 맡았다. 그 후 2개월이 지났다. 입대한지 만 1년이 되었다.

우리 부대는 오래간만에 두 번째 후방교대를 하였다. 제1차 후방교대는 실패했다. 대원들에게 민가나 아무데라도 자유휴가를 주었다. 그런데 며칠 후에 의무반이 큰 소란이다. 알고 보니 모두 성병에 걸려 아우성이다. 성병에 대한 약도 없다. 치료할 방법이 없다. 그래서 중대장이 연대에 보고하여 2개월 휴가를 취소하고, 1개월도 못되어서 다시 전방으로 되돌아 왔다.

72

제2차 후방교대는 중대장인 내가 인솔한다. 엄중히 명령하여 민폐나 자유행동은 못하도록 하였다. 대원은 282명이다. 전방보다 후방이 더 골칫거리다.

소대장이나 행정관, 보급관, 의무관, 각 소대 선임하사, 향도들은 군복을 입은 군인이다. 나는 일개 노무자로, 계급도 없는 중대장이다. 육본, 사단, 연대로 가는 각종 보고서는 3개월 동안 나의 결재 없이는 보고를 못하였다.

드디어 올 날이 왔다. 교대다. 나는 13개월 만에 제대하게 되었다. 연대에서 스물세 명이 교대로 들어왔다. 차태민, 거제사람 이씨, 도산사람 윤씨, 나를 포함하여 우리 통영사람은 네 명이다. 기쁨은 이루 말로 표현할 수가 없다.

그런데 연대에서는 12중대에 교대를 못 보내는 것은 나 때문이라 한다. 나 아니면 12중대를 전방에서 통솔할 사람이 없다 하여 후방에 휴가를 준 다음 교대시킨다 한다.

마침내 새로운 중대장이 왔다. 사무인계를 마쳤다.

생각하면 생각할수록 괘씸하기 이루 말할 수가 없다.

우리 일동 네 명은 영국부대 특별차로 연대 본부에 도착하여, 휴전 2개월을 앞두고 1953년 5월에 제대하였다.

우리 일행 네 명은 의정부역에서 기차를 타고 서울, 대전, 대구를 지나 부산역에 도착하였다.

배를 타기 위하여 기다리는 시간에 이발소를 찾았다. 그런데 이 이발소 주인이 바로 통영에서 대한청년단 훈련과장을 하던 장만호의 사촌매부다. 그 주인이 나를 보더니 정색한다.

"아니, 정 선생 아니요?"

"그렇소. 오래간만입니다."

서로 인사하고 이발을 시작한다.

"정 선생, 참 안됐습니다."

"무엇이 안됐소?"

"소식 못 들었습니까, 동생이 창경호 사건에 사망한 것을요?"

나는 크게 낙담했다.

'차태민에게 온 편지가 틀림이 없구나! 그런데 큰형님께서는 몇 번 편지를 하여도 동생 사망이라는 말씀은 하시지 않지 않았는가. 소식을 들으면 큰일 날까 걱정하여서 편지에 적지 않았던 것일까.'

기쁨으로 귀향길을 달리는 내 마음은 이내 산산조각이 났다.

— 76 —

눈물도 안 나온다. 내 몸은 맥이 탁 풀린다. 배를 타고 고향 통영으로 향하지만, 자꾸자꾸 통영이 멀어져가는 것 같다. 일동 세 명이 위로하지만, 내 귀에는 아무것도 들리지 않는다.

배가 항구에 닿았다. 세 명에게 잘 가란 말도 하지 않고 큰집 여관을 찾았다. 어머니 혼자 계신다.
"어머니!"
어머니는 깜짝 놀란다.
"너 창한이 아니냐?"
나는 반갑다.
"어머니, 그동안 안녕하셨습니까?"
큰절을 올렸다. 그리고 과수원 큰집에 연락하니 큰형님 내외가 달려왔다. 참 반갑다.

— 77 —

유호 엄마는 내가 하던 해안통 판잣집에서 장사를 하고 있다.
"점포 문 닫고 집에 가자."
유호 엄마를 이끌고 이웃에 인사하러 다녔다.

"참 안됐다."

만나는 사람마다 내 막내 동생의 사망 사실을 말하여 준다. 정작 어머니와 큰형님, 큰형수는 내게 동생 일을 감추고 말도 꺼내지 않는다. 나도 어머니가 상심할까싶어 말을 꺼내지 않았다.

— 78 —

나는 집으로 와서 대성통곡하였다.

큰외삼촌이 집으로 찾아왔다.

"네 동생 창제는 너 대신 죽었다. 들자하니 너는 최전방에서 죽는 양 사는 양 하며 전쟁터에서 지낸다 하니, 집안사람들이 매일 네 걱정뿐이었다. 그래서 네 동생이 죽었으니 분명 너 대신 죽은 것이다."

나는 가슴이 찢어진다.

— 79 —

'옛날 우리 형제가 어찌 자랐으며, 어찌 살아왔는가. 우리 7남매 중에서 순이가 가고, 또 네가 간단 말이냐. 내가 죽고 네가 살아야 할 것 아니냐. 나 같은 인간은 아무 쓸모없는 사람 아니냐!'

훗날 내 둘째아들 유상이가 죽은 동생을 많이 닮았다고 하여 창제의 양자로 보냈다.

80

나는 어느 날 여관에 어머니를 만나러 갔다. 마침 큰형님도 와 있다.

"다른 사람들은 '보국대' 들어가도 8개월이면 다 돌아오는데, 동생은 어찌하여 13개월이나 있었느냐?"

나는 할 말이 없다.

"필규는 6개월도 못되어 제대하고 왔는데……. 마침 같은 부대에 있었다고 하던데, 동생은 대체 1년이 넘도록 무엇하고 있었나?"

나는 아무 대답도 못하고 사과하였다.

"형님, 미안합니다."

큰형님은 계속 못마땅해 한다.

"동생은 너무 정직하여서 못쓴다. 무엇이던 요령 있게 하여야지. 사람이 죽고 사는데서 빠져나오지 못하다니 참 답답하다."

권필규의 말을 듣다니, 큰형님은 참 바보다. 권필규는 제대하여 통영으로 돌아와 이웃은 물론, 심지어 어머니와 큰형님 앞에서도 나에 대해 거짓을 늘어놓았다고 한다.

"얼마든지 제대할 수 있는데도 참 답답한 사람입니다. '형님! 우리 살짝 빠져 도망가서 연대로 가서 제대합시다.' 권유하여도 말을 듣지 않습니다. 최전방인지라 뻔히 적이 바라보이는 곳에서 일하고, 사방에 총소리고, 사람이 많이 죽고, 부상자가 많이 나고 하는데, 형님은 살아 돌아오지는 못할 것입니다.”

이 말을 듣고 어머니와 큰형님이 어찌 놀라지 않을 수 있겠는가. 우리 집안에서는 나 때문에 큰 걱정을 많이 하였다.

— 82 —

나는 큰형님으로부터 그 말을 전해 듣고 울화통이 터졌다.

‘당장 이놈을 잡아서 박살을 내야겠다. 아주 나쁜 놈이다. 내가 그놈을 부대에서 있는 것 없는 것 다 먹이고, 일도 수월한 중대본부 목수 자리에 앉혔는데! 육군병원 후송할 적에 그놈이 내게 무어라고 말하고 갔는지. 개놈의 자식! 당장 죽여야 한다.’

나는 귀향하여 이삼일밖에 지나지 않은데다가 막내 동생의 죽음, 그놈에게 배신당한 일, 우리 집안에 큰 걱정을 끼친 일로 인하여 아직도 전쟁터에 있는 것 같은 심정이다.

나는 아무도 모르게 품에 칼을 품었다. 그놈 집으로 갔다. 어제 나가서 안 돌아온다 한다.

그놈을 찾으러 돌아다녀도 못 찾았다. 그놈은 미리 아는 모양이다. 나는 잠자코 장사를 하면서 그놈 나타나기만 기다린다. 아무도 내 마음을 몰랐다.

며칠이 지났다.

삼정여관 아들이 나를 찾아왔다.

"형님, 이야기가 있으니 따로 좀 만납시다."

나는 따라갔다. 근양루 중국집이다. 이웃사람이 몇 명 앉아있다. 큰 상에 요리가 빽빽이 차려져 있다. 나는 들어갔다. 인사하고 앉았다.

조금 있으니 요놈이 들어오더니 내 손을 잡으면서 눈물을 뚝뚝 흘린다.

"형님, 죽을죄를 졌습니다. 용서하여 주시오."

"이 더러운 놈아!"

나는 당장 일어나서 뺨부터 갈겼다.

"이 죽일 놈! 너 어릴 적에 우리 집에 공부하러 많이 다녔으며, 네 어미와 우리 어머니는 형 동생하며 지냈고, 나는 너를 동생처럼 여기고 지냈는데, 어째서 귀향하여 우리 어머니와 우리 집안을 울음보로 만들었느냐!"

나는 분을 참지 못했다. 앉아있던 사람들은 내게 참으라 한다.

"정 선생 이야기 많이 들었습니다."

"무엇을 들었단 말이오? 당신들은 아무것도 모르오!"

사람들은 권필규가 일찍 제대하여 와서, 큰댁에 가서 정 선생은 바보처럼 살아서 못 돌아온다느니 하여 좋은 말 한 마디 없었다는 말을 들었다고 한다.

나는 함께 부대에 있을 적에 한 일, 병원 후송하는 것, 떠나면서 권필규가 남기고 간 말을 자세히 말하였다. 그러자 모여 있던 사람들이 도리어 흥분한다.

"이 더러운 놈을 봤나, 한 이웃에 살면서?"

"이런 개돼지만도 못한 놈!"

"밖으로 나가자!"

그러자 이놈이, 다시는 안할 것이며 죽을죄를 졌다고 용서를 빈다.

이때 중국집 옆에서 시계수리를 하는 유씨가 한 마디 한다.

"자, 모두 앉으시오. 우리가 다 한 이웃에 살면서 이런 못된 놈이 있다고는 생각조차 하지 못했습니다. 필규도 자기 잘못을 죽음으로 비니, 한 번만 용서하면 다시는 하지 않을 것입니다. 정 선생께서 관대하게 용서하여 주시면 감사하겠습니다."

여러 사람이 용서하라고 권하니, 나도 마음이 누그러졌다. 1953년, 내 나이 서른다섯 살 때의 일이다.

— 84 —

인근 거제도에는 포로수용소가 있다.

피난민들은 배를 타고 가서 수용소에서 나오는 담요, 비누, 담배, 가지각색의 미군 물자를 많이 가지고 온다. 육지 사람들은 그 물자를 사서 판다. 육지 사람이 물자를 사오면 뱃머리에서 순경과 형사들이 조사를 한다. 육지 사람이 들키면 경찰서로 가서 무거운 벌금을 물린다.

하지만 물자를 사기만 하면 돈은 많이 남는다.

나는 지금 점포 뒤에다가 점포를 하나 더 샀다. 그리고 유호 엄마가 거기에 음식점을 열었다. 둘이서 열심히 하여 주전골 집을 팔고 큰 집을 샀다.

어느 날 정부에서 미국으로 파견하는 국어 교수 자격시험을 실시하였다. 합격자 발표에는 서울 여섯 명, 경남 통영 한 명이라고 신문[14]에 났다. 자세히 보니 경남의 한 명은 다름 아닌 내 동생 창수다. 우리 집안에서는 어머니, 큰형님 이하 가족들이 모두 모여 기쁨을 만끽하였다.

"만세!"

동네 사람들도 많이 모였다. 기쁜 마음은 이루 말할 수가 없다.

날짜가 다가왔다. 출발하게 되었다. 각 단체, 학교 악대, 읍내 유지, 각 동민 등 해안통 뱃머리는 사람들로 꽉 찼다. 출발하게 되었으나 바람이 많이 불어 배로 못 가게 되었다. 폭풍경보가 내린 모양이다. 하는 수 없이 차로 출발하였다.

그 후 한 달이 다 되어도 출국 소식이 없다. 후에 안 일이지만, 주미

---

14) 1955년 10월 25일자 〈경향신문〉 '교수 7명 선정. 미국서 우리말 교수' 기사

대사 양유찬(梁裕燦) 씨가 임의로 미국 유학생을 채용한 모양이다. 정부에서 강력히 추궁해도 양 대사는 끄덕도 않은 모양이다. 합격자 일곱 명은 정부에 항의하였다고 하고, 정부에서는 하는 수 없이 "좋은 대학으로 알선한다" 하여 무마시키려 한 모양이다.

동생 창수는 다시 고향으로 돌아왔다.

'정부고 뭐고 간에 다 못 믿겠다. 대체 우리 서민들 갈 길은 어디냐!'

동생은 자포자기다. 참 기가 찰 일이며, 한심한 세상이다. 예전에 신성모(申性模)도 국민방위군 사건에 관계되어 정부에서 아무리 소환해도 끄덕도 하지 않았다. 당시 신성모는 주 일본공사로 나가 있었다.

— 87 —

세월은 흘렀다.

해안통에 있던 바라크 점포는 경찰서, 관계부서, 소방서 직원 등이 총동원되어 모조리 철거당하였다. 철거 대상자들은 불탄 통영극장 자리에 2층으로 점포를 지어 들어갔으나 영 장사가 되지 않아 모두 포기하고 말았다. 예전의 적옥다방 자리, 그러니까 통영극장과 기선회사 앞에서 큰집 여관 벽까지 큰 화재[15]가 일어난 적이 있었다.

---

15) 1951년 2월 24일 심원다방 2층(구 적옥다방)에서 발화한 '통영대화재'

나는 하는 수 없이 집에서 놀았다. 유호 엄마는 그때부터 삯바느질을 시작했다.

하루는 동충에 놀러갔다. 우연히 한 동네에 거주하는 공장주인 배씨를 만났다. 배씨는 선박수리, 기계수리 일을 한다.

"정씨, 어디 갔다 옵니까?"

"놀고 있으니 심심해서 동충에 놀러왔습니다."

"정씨는 기계 수리에 경험이 있나요?"

"예, 조금 압니다."

"그럼 내일 와서 같이 일합시다."

"좋습니다."

이튿날 배씨네 공장에 일하러 나갔다. 직공은 다섯 명이다. 나는 기계 수리보다는 주로 기계 용접을 하였다. 주로 전기 용접, 가스 용접을 하고, 종종 배로 가서 기계 조립도 한다.

그럭저럭 한 달이 지났다. 그런데 급료를 안준다. 며칠 후에 준다, 저 배 수리 끝나면 준다, 이 핑계 저 핑계 잘도 댄다. 나는 직공들에게 물어보았다. 보통 서너 달치 밀려있다 한다. 나는 기가 찼다.

일당은 하루 천 원이다. 그것도 매일 일이 있는 것도 아니다. 한 달 잡고 보름가량 일이 있다. 그러면 15,000원을 번 셈이다. 그러나 품삯도 받지 못하니 나는 병이 났다.

가슴앓이, 위궤양이란 병에 걸렸다. 한 번 가슴을 앓게 되면 땀을 뻘뻘 흘리고 쑤시니 도저히 참을 수가 없다. 병원에 가면 거짓말같이 낫는다. 그리고 서너 시간이 지나면 또 매한가지다. 병원을 이리저리 다닌다. 며칠 치료하면 낫는다. 그런데 종종 다시 일어났다. 결국 나는 아편중독에 걸렸다. 삼 년 동안 주사 맞고, 2년 걸려 치료하여 완전히 아편을 뗐다.

이렇게 고생하여도 번 돈은 안준다. 언젠가 천 원 받고 포기하였다.

— 90 —

어느 날 하루 어머니와 큰형님께서 의논을 하고 있다. 다름 아닌 창수 얘기다.

"동생 창수가 좋은 데 혼처가 있어도 장가를 통 안 간다. 무슨 방도라도 내어 장가를 들여야 한다. 나이 서른 살이 다 되어 가는데 큰일이다."

어머니는 큰 걱정이다.

"어머니. 예전에 창수가 아는 처녀가 있었는데, 그 처녀가 딸기를 너무 많이 먹어서 죽었다는 풍설을 들었습니다. 만약 그런 일이 있었다면, 아마 창수는 그 처녀에 대한 미련 때문에 장가 안 간다고 하는 모양입니다. 만약 창수의 첫 연인이 있었다면, '무슨 일로 헤어졌다' 하는 미련 때문에 장가고 뭐고 간에 안 가려고 할 것입니다."

내 말에 큰형님은 손사래를 친다.

"삼지네 손녀니, 진수복 집 딸이니 하는 처녀들이 있는데, 창수가 장가간다는 말 한 마디면 처녀네 집에서는 크게 환영할 것이다. 창수에게 '어머니 위독. 속래(速來)'라고 전보를 치면 놀라서 달려올 것이다. 그리고 '동생 장가가거라' 하면 놀라서 장가갈 것이다."

형님 표정을 보니 진지하다.

"연거푸 두 번 전보를 치도록 하자."

"형님, 창수가 너무 놀라 달려오기는 하겠지만, 과연 장가들까요?"

나는 웃고 말았다. 큰형님이 어머니에게 이 생각을 전하니, 어머니는 창수가 너무 놀라면 어찌 하냐며 웃고 만다. 정말로 큰형님은 연거푸 전보를 쳤다.

—91—

아니나 다를까. 동생 창수는 얼굴이 사색이 되어 맨발로 달려왔다. 어머니는 여관집에 안녕히 계신다.

"어머니!"

동생은 울며 어머니에게 매달린다. 동생 꼴이 말이 아니다. 그 먼 곳에서 오면서 얼마나 울며 애를 태웠을까. 동생은 꿈인가 생인가 싶어 한없이 엄마를 부른다.

"오냐, 오냐. 내가 잘못했다. 네가 장가 안 간다 하여 네 형님들과 의논한 끝에 이런 일이 생겼다."

어머니는 웃으며 말한다. 동생은 기쁨과 반가움에 어머니만 처다본다. 동생은 어머니에게 어리광도 잘 부리고 우스갯소리도 곧잘 했다.

"너 장가갈래, 안 갈래?"

"어머니, 저 장가갈 것입니다. 대신 잡비 좀 주시면 장가가지요."

동생은 어머니에게 매달린다. 동생은 돈이 없어서 하는 말이 아니다. 어머니 마음을 기쁘게 하기 위해서다. 연극치고는 참 우스운 연극이다.

— 92 —

나는 큰집 여관 건물에 조그만 점포를 하나 차렸다. 해안통과 도로는 경찰과 철거반이 하도 엄중히 단속하니, 노상에서는 장사를 할 수가 없었다. 몇 개월 동안 여관집에서 장사하여도 도무지 수지가 맞지 않는다. 나는 결국 점포를 정리하였다.

— 93 —

당시 윤태봉이가 김동현 집 점포를 하나 얻어 나전칠기 가게를 하고 있었다. 나는 윤태봉의 점포도 봐줄 겸, 그 점포 일부에 잡화상을 차렸다. 장사는 잘 되었다.

작은형님은 여전히 동호동 사무장을 하고 있었다. 작은형님은 업무차 시청을 자주 왕래하였다. 그리고 틈틈이 여관에 들러 어머니를 만나 놀다가 간다. 나도 종종 여관에 들러 어머니에게 점심을 얻어먹는다. 이것이 화근이 되어 어머니와 큰형님, 큰형수 사이에 금이 가기 시작하였다.

— 94 —

"쓸쓸하고 슬프구나!"
하루는 큰형님이 나를 보더니 장탄식한다.
"어머니께서는 여관에서 돈을 불끈 거머쥐고 돈 한 푼 안 주고, 너희 형수는 내가 놀고 있으니 사람 취급을 안 하고. 내가 슬프구나!"
작은형님과 내가 '어머니께 점심을 얻어먹고 어머니께 종종 잡비를 얻어간다'는 말이고, '어머니를 과수원 큰집에 모시고 우리들이 여관으로 들어가자'며 졸라댄다는 말이다.
나는 어이가 없었다.

— 95 —

"형님. 어머니를 윗집에 모시면 이웃사람도 없고 연세도 많으시니 어떤 일이 생길까 두렵습니다. 외로워서 못 계실 것입니다. 그리고 큰형님께서 무엇을 놀고 계신다고 하십니까. 여관도 돌보시고, 과수원도 돌보시고, 항상 바쁘신 형님인데."
"동생, 매일 왔다 갔다 하여도 돈 일 푼 구경을 못하니 하는 말이다."

나는 기가 차서 말문이 막혔다.

— 96 —

어느 날 어쩐 일인지 어머니가 윗집 과수원으로 올라가고 큰형수가 여관을 차지하였다. 나는 섭섭하고 기가 찼다. 큰형님은 윗집과 여관을 왔다 갔다 하다가 잠은 여관에서 잔다. 윗집에는 조카들과 아래채 사람뿐이다.

— 97 —

며칠이 지났다. 큰형님이 내게 달려왔다.
"동생, 큰일 났다. 어머니께서 문을 안에서 잠그고, 불러도 말이 없고, 음식도 통 안 잡수신다."
나는 놀랐다. 작은형님에게 연락하여 작은형님도 왔다. 큰형님, 작은형님, 나 이렇게 셋이서 윗집으로 올라갔다.
"어머니!"
불러도 대답이 없다. 문은 안에서 단단히 잠가놓고 있다.
'이거 큰일 났구나!'
문을 두드린다.
"어머니!"
자꾸 부른다. 야단이다.
"어머니, 잘못했습니다."

큰형님이 싹싹 빈다.

"어머니, 문 안 열어주시면 문을 부수고 들어갈 겁니다."

내가 고함치니 그때서야 어머니가 입을 연다.

"뭐할라꼬 우르르 몰려 왔노. 나는 죽을끼다. 내 죽으라고 쫓아내 놓고 와 이리 시끄럽노?"

셋이서 무릎을 꿇고 한참 빌었다.

"어머니, 그런 것이 아닙니다. 어머니 연세 많으시고, 밤잠 못 주무시고, 어머니께서 너무 고단하실까 싶어서 편안히 쉬시라고 한 것뿐입니다. 어머니께서 오해하셨습니다. 어머니께서 정 그러시다면 우리들과 같이 내려갑시다."

겨우 어머니 마음이 진정되었다. 음식도 입에 댄다.

'휴우.'

우리 셋은 안심하였다. 그리고 어머니를 모시고 여관으로 돌아왔다.

'세상에 이런 법이 어디 있단 말인가!'

나는 탄식하였다.

— 98 —

세월이 흘러 동생 창수가 드디어 결혼을 하였다. 우리 7남매 중 마지막 혼사다. 동생은 당시 서울에 있는 출판사에 근무하였다. 어머니와 큰형님은 서울로 가서 결혼식에 참석하였다. 결혼식을 올린 후 동생 창수 부부는 고향으로 내려왔다. 과수원 큰집에서 큰 잔치가 열렸다. 나는 기뻐서 어쩔 줄 몰랐다.

'드디어 동생이 결혼하였구나. 참 기쁘다!'

나는 기쁜 마음에 술에 취했다.

"어디 제수씨 한 번 보자."

기쁜 마음에 술에 취해 야단이다. 나는 집안사람들에게 꾸지람을 많이 들었다. 그러나 나는 참 사랑스럽고 참 기쁘다.

— 99 —

어느 날 작은형님이 병이 들었다. 날이 갈수록 병은 깊어만 간다. 사무장 일도 관두고 집에서 요양만 한다. 작은집에는 어린아이 은미, 영미, 태민, 영애가 있다. 하다못해 작은형수는 공장에 '깡깡이' 일을 하러 다닌다.

하루는 작은형님을 데리고 병원을 찾았다. 원장 김선석(金宣錫)은 나와 동창이다. 진찰을 하여 보더니, 원장이 나를 다른 방으로 불러낸다.

"이거 어쩌지. 형님 병은 안 되겠다."

원장은 아무 소용없지만 환자의 기분을 위하여 주사를 몇 대 놓아준다. 약을 지어준다. 원장은 환자의 기분이라도 나아지도록 약국에 가서 비타민제를 사서 드리라고 권한다.

"김 원장, 약값과 주사 값은 얼마냐?"

"어이, 관두라."

원장은 손사래 친다. 나는 작은형님을 데리고 약국에서 비타민제 큰 통을 샀다. 6개월분이라 한다.

나는 원장 말을 듣고 정신이 아찔했다. 작은형님 집은 형편이 말이 아니다. 작은형님은 혹 가다가 나를 부른다.

"동생, 여러 가지 약도 많이 사주어 고맙다. 그러나 집에 식량이 떨어졌다. 큰집 가서 말하려니 미안해서 못 간다. 동생, 보리 한 말만 사주라."

"형님, 걱정 마시오."

나는 지게꾼 임씨를 불러 강씨네 쌀집에서 쌀 두 말, 보리쌀 서 말을 사서 지어 보냈다.

'이만하면 작은형님 식구가 한 달은 먹을 것이다.'

나는 계산하였다. 그리고 한 달이 지나면 작은형님에게 또 식량에 대해 물어본다.

"큰집에서 보내주니 걱정이 없다."

반찬은 작은형수가 벌어서 때운다.

— 100 —

하루는 조카들이 울며불며 내 가게로 찾아왔다.

"와 이러노?"

"아버지께서 돌아가셨습니다."

"아이고, 뭐라고?"

나는 막 뛰었다. 집에 가보니 작은형수가 형님을 꼭 껴안고 앉아 울고, 작은형님은 입에서 피를 흘리고 있다.

"형님!"

눈을 뜨고 말없이 나를 쳐다본다. 나는 작은집을 나와 병원으로 막 뛰었다. 병원에서 원장과 간호사를 차에 태우고 급히 와보니 아직 숨은 쉬고 맥이 가늘게 뛰고 있다. 원장이 진찰한다.

"정군, 안 되겠다. 내 일전에 안 되겠다고 말하였지. 정군, 미안하다. 네 형님이 곧 내 형님 아닌가. 마음 쓸쓸하다. 마음 크게 먹어라."

내 손을 꼭 쥔다. 그리고 가려고 한다.

"이왕 죽은 사람이다만, 내 소원이다. 주사나 한 대 놓고 가라."

"아무 소용없지만 그리하지."

원장은 직접 주사를 놓아준다. 친구는 참 친구다. 병원에 환자가 많은데도 다 뿌리치고 간호사를 데리고 급히 오다니. 나는 고맙다고 인사하고 보냈다. 방에 들어가니 말이 아니다. 온통 피투성이다. 작은형수와 함께 깨끗이 치우고 형님을 고이 눕혔다.

1960년 3월 29일, 그러니까 3·15 부정선거 직후의 일이다.

— 101 —

큰형님, 큰형수도 달려왔다.

"어머니를 못 오시게 합시다. 어머니 오시면 기절할 것입니다."

큰형님과 의논한 끝에 결정하였다. 그러나 어머니는 기어이 왔다.

"내 자식 마지막 가는 길에 와 내가 못 오나?"

어머니가 애통해한다. 어머니를 진정시켜 여관집으로 모셨다. 여관에는 어머니가 살고 있으므로, 운구는 일부러 해안통을 돌지 않고 시장 입구 은행 앞을 지나 화장장에 도착하여 무사히 장사지냈다.

"작은형님!"

불러 봐도 대답 없고 너무나 허무하다. 자꾸자꾸 눈물만 난다.

— 102 —

세월은 가끔 거슬러 흐르기도 한다.

동생 창수는 총각 때인 1955년도에 미국 가는 것에 실패한 후 분개하여 통영에 내려와 있었다. 1958년, 시에서는 최천(崔天), 군에서는 서정귀(徐廷貴) 두 사람이 국회의원에 출마하였다. 둘 다 민주당 후보다. 동생은 두 사람을 당선시키기 위해 직접 마이크를 들고, 서호시장에서부터 시내 곳곳을 누비며 자유당의 '썩은 정치'를 비난하고 다녔다.

그 당시 부정한 자유당에서는 경찰을 동원하여 여러 야당 후보들의 선전원을 마구 잡아가고 마이크도 압수하여 갔다. 그러나 감히 동생이 선전하는 곳에는 오지 못하였다. 경찰도 동생 창수에 대해서는 잘 알고 있기 때문이다. 결국 여당 후보들을 당당히 물리치고 압도적으로 최천, 서정귀 두 사람을 당선시켰다. 당시 시나 군에서 내 동생 창수를 모르는 사람이 없었다. 나는 참으로 동생이 장하다.

— 103 —

"창수가 그 좋은 직장은 안 들어가고 저 지랄을 하니, 여관도 이제 경찰 때문에 다 해먹었다!"

큰형님이 혀를 찬다. 그러나 형사나 순경들 그림자는 여관집에 비치지도 않는다. 다른 야당 집 같으면 장사 다 했을 것이다.

"죽어라고 공부 시켜놓으니 남들은 '천재다', '수재다' 하고 우러러보는데……. '좋은 자리도 싫다', '형님은 돈만 아는 사람이다' 하며 나를 공박하다니. 나는 지독하게 인덕 없는 놈이다."

큰형님은 하늘을 바라보며 탄식한다. 나는 할 말이 없다.

— 104 —

또 시간은 흐른다.

어느 날 밤, 장사를 하고 있는데 항구식당 주인 이씨가 우리 가게로 놀러왔다. 종종 놀다 간다. 그런데 웬일인지 오늘은 잡화 진열대로 넘어지면서 툴툴거린다.

"와 이러오?"

내가 달려들어 말리니, 더 한다. 이웃사람들이 와서 붙들어 집으로 데리고 갔다. 잡화는 모두 망가지고 못쓰게 되었다. 망가진 물자를 배상하라 하였다.

"나는 모르겠다."

발뺌한다. 그리고는 우리 여관집으로 가서 오줌을 갈겨댄다. 할 짓이 아니다. 경찰서에 신고하니 아무도 오지 않는다.

"그 사람은 암만 가두어 보아도 허사요."

경찰도 두 손 들었다. 이발소 주인 이진호 씨가 무슨 일로 나무랐더니, 그날 밤에 똥을 퍼가지고 와서 이발소 안에 퍼부어놓아 이발소 문을 닫고 일을 못하게 된 일도 있다. 좌우지간 반 미친 사람이다.

항구식당 2층에는 종종 판검사가 찾아와 연회를 베푼다. 그 힘을 믿고 식당 주인 행패가 이만저만이 아니다. 그러다 갑자기 내게 행패를 부리기 시작하니, 아무리 생각해도 알 수가 없는 노릇이다.

— 105 —

'이놈을 골탕을 먹여야지.'

손해배상 받기는 틀렸다. 나는 동창회를 열었다. 동창회에서는 이일규(李一珪) 판사, 한옥신(韓沃申) 검사에게 통보하여 법조인 두 명이 내려왔다. 며칠 후 통영지청에서 압력을 가하여 대여섯 명의 형사가 달려들어 항구식당 주인을 경찰서 유치장에 가두었다. 항구식당 주인은 29일 만에 방면되어 나왔다.

— 106 —

5·16이 일어났다. 날이 지나니 차차 치안이 안정되었다.

하루는 나와 항구식당 주인 이씨 앞으로 검찰청 출두서가 발부되었다. 담당검사가 이씨를 쏘아붙인다.

"당신은 사람이요, 짐승이요? 이 사람에게 당장 사과하고 배상을 하시오. 그렇지 않으면 당신을 기물 파괴죄로 구속하겠소."

"죽을죄를 지었습니다."

항구식당 주인은 내 손을 붙잡고 눈물을 글썽거린다.

"우리 아들하고 정씨네 아들하고 동기 동창이니, 너그럽게 용서하여 주시오."

검사는 나를 보더니 좋게 타이른다.

"이 험한 시국에 분하지만 용서하여 주시오. 이웃끼리니 다정하게 지내도록 하는 것이 좋을 겁니다."

항구식당 주인에게는 또 한 번 엄포를 놓는다.

"만약에 또 이러한 일이 생기면 절대 용서하지 못할 것입니다. 이씨는 배상하시오!"

나는 검사에게 사례하고 나왔다. 항구식당 주인은 따라오며 자꾸만 고맙다고 한다. 아무것도 없는 놈에게 보상은 무슨 보상. 그 후로 잘 지냈다.

— 107 —

어느 날 내 가게로 젊은 청년이 찾아와서 나더러 양산을 사라고 한다. 살펴보니 새것은 새것인데, 양산대가 부러져서 못쓰게 되었다.

'고치면 쓸 수 있겠다.'

청년에게 팔려는 이유를 물었다.

"거제 가는데 돈이 모자랍니다."

나는 가게 옆 구두 수리하는 노인에게 물어보니 고치면 되겠다고 한다. 나는 모자라는 뱃삯을 얼마 쥐어주었다.

한참 있으니 형사가 그 청년을 앞세우고 내게 왔다.

"이 청년의 양산을 당신이 샀는가?"

"그렇소만."

"그 양산은 도둑맞은 물건인데 당신은 지금 장물을 샀으니 서(署)로 좀 같이 갑시다."

나는 기가 차서 망가진 양산을 내주며 말했다.

"나는 이 청년이 거제까지 가는데 돈이 모자란다 하여 부탁하기에 망가진 양산을 동전삼아 샀을 뿐이오."

하지만 형사는 내 말을 듣지 않고 자꾸 경찰서로 가자고 한다.

— 108 —

경비선 선장하는 송씨가 지나가다 이를 본 모양이다.

"갑장, 뭐꼬?"

형사는 선장에게 이리이리 되었다 하고 말하니, 선장은 뭣도 모르고 경찰 편을 드는 게 아닌가.

"도적 물건을 산 사람은 무조건 서(署)로 잡아가야 한다."

나는 눈에 번갯불이 번쩍 일었다. 나는 앞뒤 돌아보지 않고 선장 얼굴에 주먹을 먹였다. 코에서 피가 낭자하다. 나는 틈을 주지 않고 또 한 방 갈겼다.

"이런 죽일 놈! 뭣이, 친구? 갑장? 그 말 다 한기가? 그리고 너는 경찰관이라고 뽐내는 것이냐? 좋다. 여보, 당신 형사면 형사지, 큰 것은 못 잡고 이 다 망가진 양산 하나 가지고 큰 공이나 세운마냥 하지 말라. 나 선장이고 갑장이고 다 싫다. 나는 네들 부정을 다 알고 있다. 상부에 다 고발하겠다!"

뜬금없이 두 놈이 벌벌 떨면서 잘못하였다고 백배사과하며 사정한다. 결국 그 청년은 놔주고, 요리집에 가서 대접 잘 받고 남망산에 올라 셋이서 함께 기념사진까지 찍었다. 그 후 더 다정하게 지냈다.

— 109 —

나는 윤태봉의 가게에서 장사를 하였다. 윤태봉의 가게에 조동건이란 사람이 있다. 조동건은 나와 동창이다. 윤태봉과는 처남 매부 지간이다. 윤태봉은 조동건을 점원으로 데리고 있었다. 그런데 윤태봉과 둘이 자주 다툰다.

"정씨가 몇 달 동안 점포를 돌봐주었지만 장부에 지출과 수입이 하나도 어긋남이 없었는데, 왜 요즘은 물품과 장부상 지출과 수입이 다르며, 매품은 장부에 기재해놓고 돈은 정작 어디 있단 말이요?"

그러더니 결국 황동수라는 사람에게 점포를 넘겼다. 그래서 나는 또 황동수 점포에 더부살이를 한다. 나는 점포를 열심히 봐주었다. 그런데 자주 물품이 없어진다. 나전칠기 꽃병, 재떨이, 좌우간에 작은 물자가 종종 신기하게 없어진다. 김동현네 점포에서는 건어물이 자꾸 없어지고, 누군가 '검은손 일파'라고 써놓고 똥을 점포에다 누고, 오승훈 술집에서는 책상 서랍에 넣어둔 돈이 없어진다. 밖의 자물쇠는 아무런 이상이 없다. 참 신기하다.

황씨는 이제 나를 의심한다. 황씨 부인이 같이 점포를 보고, 같이 문을 잠그고, 열쇠는 부인이 가져간다. 참 한심하다. 그러나 물건 없어지기는 매한가지다.

다음에는 황동수가 박승원 씨에게 점포를 넘겼다. 이리하여 나는 3대째 점포를 봐주는 셈이 된다. 박씨는 민기라는 아들을 점원으로 삼았다. 민기는 내 아들 유상과 중학교 동기이다. 열쇠는 물론 민기가 가지고 다닌다. 그러나 도둑맞기는 여전하다. 박씨는 못하겠다고 점포를 내놓았다. 세 명 주인 모두 나전칠기 조합원이다.

— 110 —

나는 생각했다.
'만약에 낯모르는 사람에게 점포가 인계되면 나는 쫓겨나겠구나.'
큰형님과 상의할까도 하였으나 좋은 말이 나오지 않을 것 같다. 나는 숙고한 끝에 미안한 마음을 무릅쓰고 전후 사실을 편지에 적었다. 그리고 눈 딱 감고 서울 사는 동생 창수에게 보냈다.
동생은 며칠 후에 돈을 가지고 왔다. 큰형님과 동생, 나 셋이서 점포를 둘러보고, 동생도 좋다 하여 오만 원을 주고 서울로 올라갔다. 나는 기뻤다. 곧 점포를 인수받고 기분 좋게 장사하였다. 장사는 잘되었다.

몇 달을 무사히 잘 장사하였다. 동생 돈 오만 원을 갚으려 하니 동생은 정색한다.

"형님께 외상값도 많이 있는데 그만 두시오."

참 미안하다. 김동현네 가게는 여전히 도둑맞고 있다. 그런데 내 점포에서도 예전처럼 물건이 하나둘 없어진다. 말도 못하고 참 신기하다. 점포 출입문은 아무런 이상이 없다. 귀신이 곡할 노릇이다.

— 111 —

어느 날 유호 엄마가 알 수 없는 병에 걸렸다. 대수롭지 않게 여기고 약만 사먹는다. 그러나 날이 갈수록 더 한다. 걱정이다. 너무 심하다.

결국 재봉일도 그만 두었다. 장남 유호는 부산의 한 초등학교에서 교사 노릇을 하고, 둘째 유상이는 부산에서 부산상업고등학교에 다니고, 막내 유선이는 통영여중 다닐 때다.

유호 엄마는 병원을 돌며 진찰을 받아도 의사들도 저마다 알 수 없다고 한다. 신기한 병이다. 아니면 "감기다", "몸살이다", 각자 다른 말만 한다. 날이 갈수록 더한다. 나는 기가 막힌다. 장사하여 조금 번 돈으로 약을 구한다. 여러모로 노력하여도 효과는 없다.

하루는 어느 의사가 아무래도 유호 엄마의 병은 갑상선 이상 같다고 한다. 눈이 나오고 목이 부어오르고 사람이 마른다. 아무거나 먹으려고 한다. 자꾸 먹을 것만 찾는다. 애처롭다. 집에는 일하는 처녀가 있고, 딸 유선이가 있다. 부산에 하숙비와 등록금도 보내야 하고, 약값도 마련하여야 하니, 참 할 짓이 아니다.

그런데 하루는 점포에 내려가니 가게 문이 활짝 열려있다. 놀라서 들어가 보니 자개 물건 큰 것만 있지, 가게 물품 가운데 작은 것, 잡화 등은 하나도 남김없이 도난당하였다. 어이가 없다. 눈앞이 캄캄해진다.

'이거 큰일 났다!'

나는 경찰서에 신고하였다. 형사 세 명이 왔다. 조사를 한다. 고성, 아니면 마산, 삼천포 방면으로 수사하러 간다며 매일 왔다 갔다 한다. 차비를 내준다. 밥값도 내준다. 경비만 자꾸 나가지, 도적 잡았다는 말은 없다. 정말로 형사들이 고성, 마산, 삼천포까지 가서 수사를 하였는지는 알 길이 없고, 차비만 자꾸 청구한다. 나는 서민금고에 가서 장만호에게 사정을 말하여 돈을 빌려와 차비를 대주었다. 시간만 흘러갈 뿐, 아무 효과가 없다. 나는 포기하였다. 앞이 캄캄하다. 용기를 내어, 외상 물건을 구입하여 다시 시작하기로 했다.

하루는 점포 문을 닫고 여관에서 어머니와 유호 엄마 병에 대하여 이야기를 하였다.

"내 눈 앞에서 죽지 말라. 저 멀리 나가서 죽든지. 아까운 자식 죽는다."

어머니는 눈물짓는다. 나는 그만 마음이 아파 여관을 나왔다. 그런데 점포 앞에 와보니 점포 안에 전깃불이 켜져 있다.

'참 이상하다. 분명히 불을 끄고 나왔는데?'

그때가 밤 11시경이다.

— 114 —

자물쇠를 열고 들어서니 이발소 하는 이진호 씨 아들 철수가 서있는 게 아닌가. 진호 형님은 이미 작고하고, 대신 아들이 이발소를 경영하고 있었다.

"아, 삼촌!"

이놈이 놀란다.

"너 여기서 뭣하고 있나?"

"전깃불이 켜져 있어서 끄러 왔습니다."

"점포 문을 자물쇠로 꼭꼭 잠갔는데, 대체 어디로 들어왔느냐?"

이놈이 말을 못한다. 시간을 보니 이미 통행금지 시간이었다. 일단 밖으로 데리고 나와 집으로 돌려보냈다.

이튿날 나는 철수를 조용히 불러 추궁했다.

"너 어디로 들어왔느냐? 너하고 나뿐이다. 바른대로 말을 하여라."

"삼촌, 죽을죄를 많이 지었습니다. 용서하여 주시오."

다시 한 번 채근하자 울며 말한다.

"삼촌, 바른대로 말하겠습니다. 3년 전부터 연구하여 우리 이발소에서 삼촌 점포, 김동현 점포, 오승훈 술집, 장기만 점포 등 일곱 개점포의 천장을 안에서 뜯고 굴로 연결하여 밤마다 도둑질을 하였습니다."

첫 번째 들어가는 구멍은 내 점포에 있다. 그래서 그놈 말대로 조사하여보니 다니던 천장 구멍이 과연 반질반질하다. 나는 기가 찼다. 김동현에게 상세히 얘기하였더니 철수를 불러 이발소를 비워내라며 야단을 치고, 윤태봉, 황동수, 박승원을 불러 의논하여 점포물품 도난사건의 범인으로 확정하였다.

배상을 받아낼 재간은 없다. 실로 엄청난 도난사건이다. 3년에 걸쳐 털어먹었으니 말이다. 경찰서에 고발하여 벌을 받게 하자는 말도 나왔다. 하지만 김동현, 오승훈이 반대했다.

"사망한 이발소 이진호 씨를 보아서라도 용서하여 주자."

— 115 —

이진호 씨 생전에는 우리 모두 잘 아는 처지이고, 이진호 씨는 참으로 호인이었다. 그런데 아들 녀석은 큰 도둑놈이다. 그리고 집안이 엉망이다. 보상받아 낼 건더기가 없다. 경찰서에 구속시켜봤자 아무 소득도 없다. 그리하여 생전의 이진호 씨를 보아 풀어주고 말았다.

전 주인 세 명과 함께 오승훈의 술집에 모여 술대접을 잘 받았다.

"정씨를 의심하였다. 허나 '그럴 수가 없는 사람인데……' 하고 생각도 많이 하였다. 정말로 미안하다."

나에 대한 의심은 백일하에 풀렸다. 나는 기쁘다. 나는 이놈 철수를 죽이지도 못하고 살리지도 못하고, 암만 생각하여도 받아낼 재간이 없다. 그런데 김동현은 아무도 모르게 철수네 모자를 졸라 서민금고에서 일수를 쓰도록 하여 일부 돌려받았다고 한다.

참 믿을 수 없는 일이다.

— 116 —

나는 용기를 내어 장사를 계속하고 있다. 나전칠기 물자는 외상으로 얻었으나, 잡화 물자는 외상으로 얻지 못했다.

"외상 좀 주시오."

도매상을 찾아가 부탁하였다. 그런데 다니는 도매상마다 대답이 똑같다.

"못 줍니다. 큰형님 승낙 없이는 안 됩니다."

나는 이상하다 생각했다.

"10여 년간 거래하여도 아무 일 없었는데, 도둑맞은 것 때문이오?"

"그것이 아니고, 큰형님께서 동생은 집안이 말이 아니고 아편쟁이라 하시며 절대로 외상 주지 말라고 당부하셨습니다."

— 117 —

나는 장사 시작 15년 동안 비록 성공은 못하였지만, 그래도 큰형님은 저간의 사정을 잘 알 터인데 왜 내가 아편쟁이란 말인가. 나는 하늘도 땅도 아무것도 안 보인다.

'내가 왜 이런 신세가 되고 말았단 말인가.'

— 118 —

나는 이 세상 모든 게 싫다.

'형님께서는 대체 왜 내 앞길을 막는가. 동생은 죽으란 말인가?'

나는 울분을 참지 못했다. 그날 저녁 나는 술을 마구 퍼마셨다. 술에 취한 나는 정처 없이 걸었다.

'못난 내 한 몸아, 가는 데까지 가서 거꾸러져라!'

결국 거꾸러지고 말았다. 정신도 잃었다.

— 119 —

누군가 나를 흔들어 깨운다. 눈을 살며시 떠보니 천장이 빙빙 돈다. 웬 노인이 나를 일으켜 앉힌다.

"보시오. 정신 좀 나오? 참 다행이다."

집안사람을 불러 미음을 가져오라 한다. 나는 미음을 먹기는 하되, 목으로 넘어가지 않는다. 노인은 해장술을 가지고 오라 한다. 해장술을 조금 마셨다. 정신을 차렸다.

"노인장, 참 미안합니다. 여기가 어디올시까?"

노인은 도산면이라고 한다. 나는 놀랐다. 내가 여기까지 무얼 하러 왔나.

노인은 말한다.

"암만 보아도 양반집 자손 같은데 지나가는 사람이 문을 두드리고 '집 앞에 사람이 쓰러져 있다' 하여, 집안사람과 같이 이 방으로 모셨다오."

나는 참 미안하다. 아침 밥상이 들어온다. 밥과 찬이 아주 근사하다. 나는 목이 쓰려 몇 숟가락 먹고 사례한 후에 상을 물렸다. 아주 잘 사는 집안인 것 같다.

"젊은이, 어디 사시오?"

나는 정중히 성명을 댔다.

"통영 항남동 동호여관이 제 큰댁이올시다."

"밤이 어두워 급한 길에 못 가시면, 동네 집에서라도 쉬어가야 하지 않겠소?"

고마운 말씀이다. 나는 변명하였다.

"고성 사는 친구네 잔칫집에서 못 간다고 하는데도 나는 갈 수 있다 고집을 부려 집으로 가는 길에 나도 모르게 술기운이 돌아 쓰러진 모양입니다."

노인은 껄껄 웃는다.

"참으로 술은 요물이다."

오전 9시인가. 큰형님이 찾아왔다. 노인이 나 몰래 도산파출소에 연락하여 동생이 도산파출소 관할 내 부락에 있다고 여관집에 통고한 모양이다. 큰형님은 나를 보고 어찌할 줄을 모른다. 나는 큰형님 얼굴을 보니 눈물이 태산같이 흐른다.

"형님!"

나는 형님 손을 잡았다.

"형님, 용서하시오. 이 못난 내가, 이 못난 내가……."

나는 울었다.

"참 고맙습니다. 다음에 꼭 찾아뵙겠습니다."

큰형님은 노인에게 인사하고 나와 함께 그 집을 나왔다. 나는 큰형님과 함께 파출소를 찾아 인사하였다. 경찰관들은 모두 큰형님을 잘 알고 있다. 나도 잘 알고 있다. 파출소에서 나왔다.

큰형님은 이제야 닫힌 입을 연다.

"대체 어찌된 일이며, 도산까지는 무엇 하러 왔으며, 통영에서 사방을 찾아도 못 찾고 네 친구 집 다 찾아도 없어서 네 친구들까지 너를 찾아 나섰다. 도산에 볼 일이 있으면 집에 알리고 가야 걱정을 안 할 것 아니냐."

나는 아무 말도 나오지 않는다. 어쩐지 큰형님만 보면 눈물이 나온다.

— 124 —

집에 도착했다. 어머니가 달려 나온다. 야단이다. 조금 있으니 동창 친구들이 몰려왔다.

"정군, 대체 어찌된 일이냐?"

"아무 말 묻지 마라. 자, 방으로 들어가자."

방에 들어와 앉았다.

"여러분께 할 말이 없다. 미안하다. 나는 여러분께 도움을 좀 받아야겠다. 다름 아니고 가정형편상 더 이상 내 사업을 유지하지 못하겠다. 전부 정리하고 부산으로 가야겠다. 그러니 내 집과 점포를 정리해 줄 사람이 없겠는가?"

친구들은 깜짝 놀란다.

"그 무슨 말이냐. 정신 좀 차리게."

— 125 —

"나는 어릴 적에 일본 가서 10년 넘게 살다가, 그리운 내 고향으로 돌아왔지. 해방과 더불어 우리 고장 통영에서 청년운동과 동창회를 위하여 많은 노력도 하였다. 여러분이 알다시피 지금 내 처가 중병에 걸려있고, 내 사업도 크게 실패하였다. 그러니 이 이상 유지할 수 있겠나. 여러분이 내 좀 도와주오. 나는 다 정리하고 부산의 큰아들에게 가야겠다."

친구들은 말을 못한다.

— 126 —

그 중 조현제(趙玹濟)가 나선다. 내 사정을 잘 아는 친구다.

"그럼, 내가 맡도록 하지."

이리하여 집문서와 점포에 걸어놓은 돈, 점포에 남은 물품을 기재하여 서류를 작성하여 건네주었다.

나는 부산의 유호에게 연락하였다.

"부산으로 이사하겠으니 방이나 구하라."

며칠 후 큰아들로부터 연락이 왔다. 방을 얻어놓았으니 전세금 1만 원을 보내라 한다. 집에는 한 푼도 없다. 나는 조현제를 찾아가 부탁한다.

"돈 만 원만 주라."

즉석에서 만 원을 준다. 눈이 번쩍 뜨인다. 나는 각 도매상 외상값, 서민금고 부금, 민간부채 합하여 서류를 작성하여 추가로 조현제에게 내주었다. 인감도장도 주었다. 참 고마운 친구다.

— 127 —

나는 큰형님과 상의하려 하였다. 그러나 물론 들어주지는 않을 것이라는 큰형님 심중을 잘 알고 있다.

 '나는 무슨 운명을 타고났기에 또 고향을 등지고 타향으로 떠난단 말이냐!'

 기가 막힌다.

— 128 —

 떠나기 전날 밤 동창회 회원들이 장어가게에서 송별연을 열어주었다. 고맙고 송구스러워 눈물이 나온다. 이튿날 어머니와 큰형님에게 작별 인사를 했다. 나는 몸에 동전 한 닢 없다.

 "형님, 돈 있으면 200원만 주시오."

 "가다가 술 사먹으려고? 한 푼도 없다."

 나는 큰집을 나와, 동창 김홍국(金洪局)을 찾아 갔다.

 "김군, 돈 있으면 200원만 빌려주오."

 500원을 내준다.

 "가다가 점심이나 사먹게."

 고맙기 그지없다. 나는 집 형편에 따라 술을 금하고 있었다. 아침 아홉 시에 딸 유선이를 데리고 원양호 배에 올랐다. 유호 엄마는 이틀 전 미리 부산으로 보냈다. 큰형님, 친구, 이웃사람들이 많이 나와 전송하여 주었다. 참 고마운 사람들이다.

 1962년, 내 나이 마흔네 살 때의 일이다.

인생살이 한(恨)도 많고 설움도 많다. 큰길을 걸으면서 조용히 살아야 할 것이다. 마음과 같이 마음대로 안 되니 말이다.

유선이와 차를 타고 아미초등학교 정문에서 내렸다. 집 주인 차씨가 아는 체한다.

"정 선생 부친께서 이제 오시오?"

주인 차씨는 학교 옆에서 큰 장사를 하는 사람이다. 나는 인사하고 집 주인을 따라 집 안으로 들어갔다. 방은 3첩(帖) 방 하나, 다락방 하나, 1.5첩 방 하나뿐이다. 아무리 보아도 우리 식구 모두 잘 데가 없다. 하는 수 없이 유호는 하숙집에서 자고, 유상이는 친구 집에서 자니, 이거 할 짓이 아니다. 유선이는 이튿날 학업 관계로 다시 통영으로 내려갔다. 유호 엄마는 병이 더 악화되어 먹을 것만 찾는다. 기가 막힌다.

하는 수 없이 집 주인 차씨를 찾아갔다.

"미안하지만 돈 500원만 빌려주시오."

집 주인은 얼른 500원을 빌려준다. 나는 집으로 와서 가방을 가지고 국제시장으로 갔다. 편지지와 봉투를 도매 값으로 500원어치 샀다. 충무동 왕자극장 옆에다 가방을 열었다. 조금 팔린다. 저녁 여섯 시까지 파니 이익이 200원 정도 남았다.

— 132 —

나는 옥수로 튀긴 '후아후아'라는 아이들 군것질거리를 100원어치 샀다. 큰 봉투에 한 개씩이다. 나는 집으로 돌아와 이것을 유호 엄마에게 내밀었다. 왈칵 뺏는다. 돌아앉아 먹어댄다.

'이 병이 무슨 병이기에 이리 먹는 것만 찾는단 말이냐? 참 불쌍하고 애처롭다. 약을 써도 아무 효과가 없고 낫지는 않으니, 죽을 때까지 먹기나 많이 먹어라!'

아이들 먹는 '후아후아'가 제일이다. 배도 부르지 않고 하루 종일 먹어도 다 못 먹는다. 여러 날 되풀이한다.

— 133 —

유호는 걱정을 한다.

"아버지, 저 과자를 많이 먹으면 몸에 좋지 않습니다. 다른 것을 드리면 좋을 것입니다."

"걱정할 것 없다."

유호는 제 어미에게 떡이니 빵이니 사준다. 돌아앉아 먹고 나면 곧장 나 좀 먹을 것 달라고 한다. 나는 유호에게 일러두었다.

"네 어미 먹는 거 걱정 말거라. 아이들 먹는 옥수수 과자이니, 암만 먹어도 배가 부르지 않고, 하루 종일 먹어도 말이 없으니 안심이다. 떡이나 빵은 사오지 말라."

— 134 —

나는 열심히 하여 주인집 돈을 다 갚았다. 이리저리 물품이 늘어나고 하니 신이 난다. 둘째 유상이가 학교 갔다 오면, 둘이서 가방을 들고 집으로 온다. 그러나 잘 곳이 없다. 안타깝다. 그래도 장사도 하고 하니, 유상이 용돈은 조금 대준다.

유호 엄마와는 부부지간이라 한 방에서 지낸다. 그러나 사람의 행태는 찾아볼 수가 없다.

'어쩌다 이 모양이 되었을꼬!'

불쌍하고 눈물이 난다. 유상이는 졸업하여 서울에 있는 상업은행 본점에 들어갔다. 딸 유선이가 마음에 걸린다.

'어린 것이 부모형제와 이별하고 통영에서 얼마나 쓸쓸할까. 하루 속히 데리고 와야지. 전학이 문제다.'

유호와 상의도 해보았다. 그러나 뜻대로 안 된다.

— 135 —

어느 날 하루는 동생 창수가 찾아왔다. 오래간만이다. 부산에 온 이후로 아무도 찾아준 이가 없었는데, 불쑥 동생이 왔으니 반갑기 그지없다. 동생 창수는 유호 엄마를 보더니 화를 잔뜩 낸다.

"형님, 이 무슨 꼴입니까! 형님은 이리 되도록 보고만 있었소?"

크게 역정을 낸다.

"유호를 불러오라."

유호가 왔다. 동생은 유호도 꾸짖고, 역정을 낸다.

"형님, 형수를 서울로 데리고 가렵니다. 이게 무슨 짓입니까?"

창수는 방에 앉아보지도 않고 유호와 함께 유호 엄마를 데리고 부산역으로 갔다. 동생은 유호 엄마를 데리고 서울로 갔다.

— 136 —

그 후 약 한 달이 지나도 서울로 간 뒤 아무 소식이 없다. 나도 병이 났다. 도저히 일어날 수가 없다. 하는 수 없다. 서울 가서 죽었는지 살았는지 소식은 없고, 나도 일어날 수가 없다.

'죽으면 같이 죽지!'

유호를 불렀다.

"유호야, 내 병이 신통치 못하니, 서울 삼촌에게 전보를 쳐라. 아버지 위독하다고. 네 어미 빨리 부산에 오라고 연거푸 전보를 쳐라."

유호 눈에 눈물이 핑 돈다. 밖으로 나간다.

— 137 —

이튿날 서울에서 동생 창수, 맏조카 석호, 유상, 유호 엄마가 내려왔다. 유호 엄마를 보니 전혀 딴 사람이 되어 있다.

'이게 꿈인가 생인가!'

"동생, 이게 어찌된 일이냐?"

창수가 오히려 반문한다.

"형님은 어찌된 일입니까?"

나는 이상하게도 일어날 수 있었고, 신기하게도 몸이 자유롭게 움직인다.

— 138 —

동생이 말하기를, 서울에서 갑상선에 대한 책도 많이 구해보고, 조카 석호는 친구를 찾아 이 병에 대한 약을 구하기 위해 사방으로 뛰었다 한다. 석호는 시계 만드는 회사의 선전과장이다. 마침내 동생과 석호, 유상이 셋이 협동하여 미군 PX에서 약을 찾아내었다 한다. 그 약은 신기하게도 먹으면 나날이 환자 상태가 달라지더라 한다. 약명은 '메르카졸'이란 미국 제품이며, 좁쌀만큼 작은 알이라 12시간에 두 알씩 복용한다.

나도 며칠 지나 깨끗이 나았다. 동생, 석호, 유상 셋은 서울로 올라갔다. 우리 집은 차차 화기를 찾아간다. 옆방이 비었다. 옆방을 얻어 유호가 오래간만에 집에서 출퇴근하게 되었다.

나도 장사가 순조롭게 잘 되어 간다. 이 모든 것이 동생 창수 덕택이다. 참 고맙고 형으로서 할 말이 없다.

하루는 큰형님이 집으로 찾아왔다. 오래간만이다. 참 반갑다.
"집안 안녕하신가요?"
"안녕이고 뭐시고 간에 당장 유선이를 부산으로 데리고 가거라. 부모형제 떠나 홀로 있자 하니 풀이 죽고, 내가 보더라도 애처롭다."
사실 그렇다. 마음은 있지만 전학하기가 힘이 든다. 한 사람 전학비가 기십만 원이다. 조금 더 있으면 여중 졸업이다. 고등학교 시험은 부산에서 치르기로 하고 생각 중이다. 하지만 큰형님 말이 옳다.

"형님, 그러면 혜화여중에 형님이 찾아가시어 전학비 안 들이고 전학할 수 있는지 좀 알아봐주시오."
내가 알기로 혜화여중고 설립자는 정상구(鄭相九), 정남이(鄭南伊) 부부이고, 또 직접 교장도 맡고 있다. 예전에 정상구 씨가 혁신동지총연맹 소속으로 참의원에 출마하기 위해 큰집 여관에다 본부를 정하고, 큰형님이 힘을 많이 써서 정상구 씨가 당선되었다. 그러므로 큰형님은 정상구 씨를 잘 안다.

"형님께서 그리 찾아가서 사정 이야기 하시면 될 것입니다."

결국 큰형님 덕분에 유선이는 부산 혜화여중으로 전학하였다. 참 고마운 일이다. 이리하여 헤어졌던 우리 식구가 다시 모여 산다.

— 142 —

나는 아는 사람 소개로 전포동에 있는 제일제당 부산 공장의 기술 자 시험에 합격하여 기계 수리공이 되었다. 월급은 미정이지만, 매일 열심히 출근하였다.

이 공장도 월급을 몇 달치 밀린다고 생각하니 문득 장사보다 못하 다는 생각이 들었다. 나는 한 달 월급 3만 원을 받고 이 공장도 그만 두었다.

나는 결심했다. 수만금을 준다 해도 다시는 공장에는 안 나간다고. 이 돈으로 다시 잡화상을 시작했다.

— 143 —

유호가 결혼했다. 집이 너무 좁다.

그리하여 아미파출소 앞집 2층으로 이사하였다. 큰 방이 두 칸. 아 주 넓다. 거기서 유호 엄마는 다시 재봉 일을 시작했고, 나는 연탄직매소를 하였다. 유상이는 군에 입대하고, 딸 유선이는 부산여고를 졸업하여 부산교육대학에 다닌다. 유호는 여자중학교로 옮겨 근무했다. 집 근처에 따로 집을 사서 유호네 식구를 제금 보냈다.

1969년, 내 나이 쉰한 살 때의 일이다.

— 144 —

'1970년, 내 나이 쉰두 살이 되었다.

일본에 있는 처가에서는 내게 편지를 보내왔다. 1970년도에 일본 오사카에서 만국박람회가 열린다 하여 나와 유호 엄마를 일본에 초청한다는 내용이다.

나는 갈 수 없고, 유호 엄마만 일본으로 보냈다. 거기서 갑상선 병에 관한 전문병원에서 치료도 받고, 구경도 잘 하고나서 한 달 만에 돌아왔다.

내 동생 창민이도 만나보고 왔다 한다. 막상 창민이를 만나보니, 가슴이 아파 못 견디겠다고 한다.

— 145 —

어느 날 어머니와 작은형수가 부산 우리 집에 찾아왔다. 나는 참 반가웠다.

"어머니!"

"오냐."

어머니는 목멘 소리로 말한다. 나는 작은형수를 따로 불러 물어보았다. 작은형수는 집에 있는데 어머니가 옷 보따리를 들고 찾아왔다고 한다.

"은미네, 나 좀 부산에 데리다주라."

"어머님, 대체 무슨 말씀입니까?"

"아무 말 말고 나 좀 데리다주라."

그리하여 못 이겨 왔노라 한다.

'아차, 큰형님께서 또 큰형수에게 걸렸구나!'

나는 곰곰이 생각하였다.

'도대체 큰형님은 공처가냐. 한 분밖에 안 계신 어머니를 이다지도 마음 상하게 하는지. 젊은 시절에는 어머니 손을 꼭 잡고 가난을 이기고 살아왔는데, 왜 큰형님께서는 형수 말만 듣고 어머니를 못살게 한단 말인가!'

나는 큰형님을 원망하였다.

"어머니 잘 오셨습니다. 이제는 아무데도 가지 마시고 우리와 같이 삽시다. 큰형님만 자식입니까. 우리도 어머니 아들입니다."

"오냐, 아무데도 안 갈끼다."

작은형수는 이튿날 통영으로 돌아갔다. 나는 일하러 갔다가 저녁 늦게 집으로 돌아왔다.

'어머니께서 안 계신다!'

유호 엄마에게 물어보니 큰형님과 큰형수가 찾아와 백배 사정하여 어머니를 모시고 갔다 한다. 나는 울화통이 터졌다. 어머니 드리려고 사온 과일을 방에다 내동댕이치고 밖에 나가 술을 진탕 마셨다.

'이럴 수가 있나. 어머니께서 오죽 마음 상하여 이 먼 부산까지 오셨을까! 나는 다 안다. 제발 큰형님, 그러지 마시오.'

나는 연탄직매소를 접고 아예 토목 관계로 나섰다. 집수리, 전기 수리, 수도 수리, 페인트칠, 하수도 공사, 온수온돌 놓기, 목수, 미장이, 도배 등 닥치는 대로 두세 명의 인부를 데리고 일하러 다녔다.

참 재미있다.

나는 13년 만에 일본에서 귀국한 후 할 말이 많이 생겼다.

같은 조선사람 밑에서 일하면 품삯받기가 일하는 것보다 힘들다. 가령 조선사람이 10원 줘도, 5원 받고 일본사람 밑에서 일하겠다는 말이 있다. 날일을 시키면 늘어질까 겁나고, 돈내기를 시키면 죽을까 겁난다.

내가 연탄직매소를 할 때, 날일을 시키니 배달 간 사람이 여간 오지를 않는다. 나는 고민 끝에 '연탄 1개 배달에 얼마' 하는 식으로 기준을 바꾸었다. 연탄 한 차(車)에 1,000개다. 하루 500개도 배달 못하던 것이 이제는 1,000개도 모자란다.

참 알 수 없는 노릇이다.

— 149 —

1972년, 내 나이 쉰네 살 때 일가를 호적에서 독립하여 분가하였다. 큰형님은 내가 통영 있을 때부터 분가하라며 재촉했다. 이유는 시청에 가서 호적등본을 뗄라치면 돈이 많이 들고 시간도 많이 걸리기 때문이라 한다.

"동생 창명이나 창수도 다 분가하였는데, 너는 뭣 때문에 분가를 하지 않느냐 말이다."

"좀 더 두고 봅시다. 어머니께서 살아계시는데 내가 분가하면 섭섭하실 겁니다. 그리고 형님, 너무 잡치지 마시오."

나는 부산에 와서도 분가할 생각을 하긴 하였다. 내 나이 이제 쉰이 넘었다.

'큰형님께서 내 진의를 몰라주시니 이제는 하는 수 없구나.'

분가를 작정하고 분가하고 말았다. '부산시 서구 아미동 2가 108번지'에서.

세월은 흘러 둘째 유상이도 군에서 제대하였다. 그리고 본사 근무는 그만두고 상업은행 부산지점에서 근무하게 되었다. 그 후 경남은행 신설을 위해 경남은행에 입사했다. 다시 부산은행에 들어가기 위하여 보증인을 세우고자 통영 큰집에 찾아간 모양이다. 그런데 며칠이 지나도 돌아오지 않는다. 아무리 찾아도 알 길이 없고 행방불명이다.

'큰일 났다!'

며칠 후 유상이가 무사히 돌아왔다. 물어보니 친구 집에 있었다 한다. 나는 안심하였다.

"너는 돈도 아낄 줄 모르고 경남은행에서 부정을 저질렀으니, 내가 보증을 서주면 우리 재산이 다 날아가니 못해주겠다."

큰집에서 이렇게 야단을 맞았다 한다.

경남은행 부정은, 경남은행 돈이 아니고 부산은행에 근무하는 유상이 동창에게서 부산은행 돈을 빌려 조카딸의 시숙에게 빌려준 모양이다. 기일이 지나도 갚아주지 않으니, 부산은행에서 경남은행에 항의를 한 모양이다. 그래서 유상이는 도의상 책임을 지고 물러났다고 한다. 그러다 부산은행의 입사 권유를 받아 보증인을 두 사람 세워오라 하여 큰집에 찾아간 모양인데, 이럴 수가 있단 말인가. 큰형님은 아무리 조카의 일이라지만 너무 하지 않은가. 더구나 유상이는 당신 딸의 부탁을 받고 한 일 아닌가.

한심한 일이다.

— 151 —

유상이는 그 후 서울로 올라갔고, 세월은 흘러 결혼하여 서울에 산다.

— 152 —

잠시 시간을 되감아서 노점상 하던 시절을 돌이켜보자. 내가 노점 상을 하여보니 도둑놈밖에 안 보인다. 왜냐하면 "텃세다", "파출소에 상납이다" 하여 많이도 털어간다. 통영이나 부산이나 매한가지다.

부산에서 있었던 일이다.

노점도 저마다 구역이 있다. 내가 거느린 노점상이 약 50개나 되었 다. 내가 총책이다. 한 달에 상납금이 말할 수 없이 많다. 그 외에 노 점상을 털어가는 곳이 구청, 소방서, 동사무소다. 상납금은 고사하 고, 걸핏하면 "직원 결혼이다", "직원 부모 회갑이다", "직원 출산이 다", "상관 순찰 온다", "직원 이동한다"는 별의별 구실을 붙여 털어 간다.

만약 안 들어주면 파출소에서 순경이 나와 잡아다가 "도로점용위 반이다!" 하여, 즉결로 보낸다. 소방서에서는 "소방도로 위반이다!", 구청에서는 "무단 도로점용이다!" 하여, 기동대와 합동으로 무조건 노점을 부셔댄다. 이야말로 산적보다 더한 큰 도적이다. 광복동 야시장도 철거당하고 말았다.

하루는 쫓겨 다니면서 장사하는데, 구청 기동대원 두세 명이 다가온다.

"양말 한 켤레씩 달라."

"못 주겠다. 내가 안전한 데서 장사하면 모르되, 쫓겨 다니면서 장사하고 있는 이 꼬라지를 눈으로 보고서도 양말이 무엇이냐! 말이 되나?"

그러자 한 놈이 내 물건을 걷어찬다. 나는 그놈을 발로 걸어 넘어뜨리고, 무조건 차고 말았다.

싸움이 벌어졌다. 흩어져 있던 상인들과 기동대 놈들 사이에 편싸움이 붙었다. 파출소에서 순경들이 나와 다 잡아갔다. 나는 이제 노점 장사를 그만둘 생각이다. 파출소에서 따진다. 소장은 나를 쳐다보더니 말했다.

"당사자인 만큼 당신은 용서 못한다. 내일 즉결행이다."

기동대원과 다른 상인들은 다 나갔다. 나는 차석(次席) 경찰관을 불렀다.

"나도 나가야 한다."

"소장 오시면 내줍니다."

소장이 왔다. 차석이 말하니 공무집행방해라 하여 안 된다 한다.

"아무리 기동대원이라지만 양말 하나 달라 하면 주어야지, 발로 차고 구타한단 말인가? 서류 작성해!"

난처해진 차석이 아무리 말하여도 안 듣고, 내가 아무리 애원하여
도 안 된다.

— 153 —

나는 잔뜩 화가 났다. 괘씸하다.

'내가 즉결행이 아니라, 징역을 가도 이놈은 그냥 안 둔다.'

"이 큰 도둑놈아! 없는 사람들 피를 그만큼 빨아먹었으면 정신 좀
차려라!"

나는 책상, 걸상 다 때려 부수며 소리를 질러댄다.

"이놈 나오라. 이 큰 도둑놈아!"

외치며 달려들었더니, 차석과 순경들이 말리는 바람에 그놈은 도망
가고 말았다. 나는 차석과 순경들에게 말했다.

"내 잘못이 어디 있소? 수년 간 파출소와 손을 잡고 일도 많이 하였
소. 노점상이라고 소장은 사람 취급을 하지 않고, 치안하는 사람이
사람을 몰라보니 너무 억울하오. 저놈이 몇 백 년 경찰생활 할 것인
가? 나는 이놈을 가만두지는 않겠소. 즉결이든 징역이든 나는 끝까
지 갈 것입니다. 나는 수백 명 노점 상인을 이끌고 당신들을 약 10년
간 도와왔소. 앞으로 수십 수백 년이 지나도 노점상은 없어지지 않
을 겁니다. 나는 이제 노점상은 그만둘 겁니다."

차석은 내 손을 잡고 달랜다.

"정 선생, 진정하시오. 소장은 온지가 몇 달 안 되어서 모르고 한 말
입니다. 누가 즉결에 보낸답니까?"

밤은 12시가 다 되었다. 통행금지 시간이 다 되었다. 집에서는 모를 것이다. 나는 슬퍼진다. 사람이 몇 명 잡혀온다. 아는 사람도 있다. 나를 보고 반갑다며 인사한다. 기가 찰 일이다. 어떤 놈은 내게 애원도 한다.

"정 선생, 나 좀 잘 봐 주소."

나는 예전 같으면 아무 문제도 안 되었겠지만, 노점이 파산한 마당에 무슨 권리가 있겠는가. 이튿날 즉결심판에 넘겨졌다.

— 154 —

사위와 딸 유선이가 차를 타고 즉결심판소로 온 모양이다. 경찰관이 나를 부른다. 서류를 보니 어마무시하게 작성되어 있다. 나는 경찰관에게 물었다.

"누가 이 서류를 작성하였는가?"

답이 없다.

"전부 거짓말이요. 만약 내가 재판을 받는다면 부평파출소 소장은 사람도 아니고, 돈만 옭아내는 큰 도둑놈이라고 과거를 다 털어놓을 것이요."

경찰관은 나갔다.

한참 후에 또 부른다. 나는 나갔다.

사위가 몰고 온 차에 어서 오르라 한다. 나는 탔다. 사위가 정면을 주시한 채 말한다.

"어쩌자고 장인께서는 이 큰 죄를 저지르셨습니까?"

나는 할 말이 없다. 그 후 이놈은 목이 달아났다. 나는 노점상을 정리하고 노점상 간부들과 연회를 베푼 후, 석별의 정을 나누면서 노점상을 그만 두었다.

― 155 ―

1972년 어느 날, 일본에서 동생 창민이가 찾아왔다. 이웃사람이 데리고 왔다. 자세히 보니 내 동생 창민이가 맞다. 처음에는 몰랐으나, 유호 엄마는 일본 가서 만나고 와서 잘 안다. 2층 우리 방으로 데리고 왔다.

사람 꼴이 아니다. 다 뭉개진 모자, 신발은 장화. 머리는 길어서 말도 아니고, 빼빼 말라서 말라깽이다. 하지만 내 동생 창민이가 분명하다. 이별한 지 28년 만에 다시 만난 것이다.

'그토록 그리던 내 동생이 지금 내 눈 앞에 있지 않은가!'

동생을 안고 둘이서 울었다. 나는 할 말이 없다. 보아하니 몸도 반병신이다. 애처롭다. 유호 엄마는 얼른 밥을 지어왔다. 그러나 밥을 못 먹겠다며 물린다. 미음을 가져왔다. 한두 숟가락 뜨고는 또 못 먹겠다고 한다. 나는 참 답답하다.

"그럼 동생은 무얼 먹고 사나?"

"형님, 술 좀 주시오."

"그럼 술 줄 터이니, 미음은 다 먹어야 한다."

다짐하여, 술을 사와서 둘이 나누어 마셨다.

유호 엄마는 이웃집 가게에서 운동화를 사왔다.

"운동화 못 신습니다, 장화가 아니면. 운동화는 벗겨져서 못 신습니다."

나는 운동화 앞을 고무테이프로 덧댄 운동화를 가지고 와서 신겼다. 이제 걸어도 안 벗겨진다.

창민이를 데리고 이발소에 가서 이발을 하였다. 이발을 하고 나니 많이 달라진다.

"목욕을 하러 가자."

권해도 안 가려 한다. 일본에서 떠날 때 하였다 한다. 하는 수 없다. 유호 엄마가 내의를 조사하니 말끔하다. 올 적에 사 입고 온 모양이다.

이야기를 나누다가 둘이서 그만 잠이 들었다.

아침이 밝았다.

동생이 아침밥을 조금 먹는다. 술 한 잔 하고 둘이서 배를 타고 통영항에 도착했다. 동생은 감개가 무량한 모양이다.

그 당시 어머니는 여관을 큰형님에게 맡기고 북신동 새집에 있었다. 우리 둘은 차를 타고 북신동으로 가서 큰집으로 들어섰다. 마침 큰형님도 와있다. 동생 창민은 어머니에게 큰절을 올린다. 어머니는 놀란다.

"누구고?"

내가 일본에 있는 창민이라고 대답하였다.

"창민이? 창민이라꼬? 아이다, 창민이. 내는 안다. 창민이 아이다."

어머니께서는 연거푸 되뇐다. 큰형님도 창민이 모습을 보고 깜짝 놀란다.

"이 무슨 꼴이냐? 어쩌다가 이 모양이 되었느냐?"

'만약 처음 모습을 보았으면 어머니와 큰형님께서는 기절하셨을 것이다. 그래도 말끔히 이발하고 운동화 신고 옷도 손질하여 입었으니 말이지.'

동생 창민은 너무 몸이 말라서 뼈만 남았다. 얼굴은 까맣고 입술은 술에 타서 입이 말이 아니다. 그리고 한쪽 다리는 못쓰고 절뚝거려 오래 걷지 못한다. 어머니께서 탄식하신다.

"우리 창민이가 와 요 모양이 되었노?"

"어머니, 용서하여 주시오. 어머니! 어머니, 용서하여 주시오. 이 불

효자식을······."

창민은 목메어 말을 잇지 못한다. 큰형님과 나는 자꾸만 눈물이 나
서 못 견디겠다. 나는 방에서 나왔다. 큰형수와 작은형수도 왔다.

점심을 먹게 되었다.

역시 창민은 밥을 못 먹겠다며 상을 물린다.

— 161 —

어머니와 큰형님은 동생이 밥을 안 먹으니 큰 걱정이다.

"동생에게 술을 조금 주면, 밥도 조금 먹을 수 있습니다."

내 말에 큰형님은 나를 크게 나무란다.

"너는 매번 술, 술 하니 요 모양이다."

하는 수 없이 술을 조금 가지고 왔다. 그제야 동생은 술을 마시면서
밥술을 조금 떴다.

— 162 —

나는 항남동 여관집으로 내려갔다. 동생이 배 타고 오면서 내게 일
본돈 10,000원을 줬다. 나는 이 돈을 큰형수에게 부탁하여 일본돈
10,000원을 우리 돈 11,000원으로 바꾸었다.

다음 날, 창민이가 나더러 나가자고 한다.

"형님, 바람 쐬러 시내 한 바퀴 돌아봅시다."

"오래 걷지 못하는데, 그냥 집에서 요양이나 하고 있어라."

영 말을 안 듣는다. 하는 수 없이 어머니에게 일러두고 시내로 나왔다.

큰형님은 여관으로 내려가고 없다.

창민이가 가자고 하여 우리는 멘데로 나왔다. 우리 형제가 살던 집은 사라지고 지금은 집터만 남아있다. 나는 잘 알지만 창민이는 처음이다.

"동생, 여기가 우리들이 태어난 집터다. 6·25 사변 때 이 동네가 불바다가 되었다. 세월이 20여 년이 지나도, 아직도 집들이 들어서지 않는구나!"

창민이는 말없이 집터를 돌아보면서 자꾸 눈물을 흘린다. 나도 가슴이 아프다.

'다시 올 곳이 아닌데…….'

그리하여 대밭골[16]로 갔다. 웃새미[17], 아랫새미가 있다. 둘이서 웃새미로 갔다. 새미는 아직 깊다.

"동생, 우리 어릴 적에 큰형님과 작은형님하고 이 새미 물 참 많이 길러먹었다. 아랫새미[18]는 내가 열두 살 즈음에 일본사람이 시멘트 콘크리트로 새로 지은 것이다. 자, 우리 감사한 마음으로 절하자."

둘이 엎드려 큰절하였다.

— 165 —

멘데 해안통으로 나왔다.

"동생, 저기 방파제에서 돌티미까지 반 모래고 반 뻘밭이다. 바지라기, 맛조개, 가재, 문어, 우렁쉥이, 좌우간 많이 나왔다. 나하고 동생하고 바구니에 호미 들고 이 해안을 헤매던 시절이 엊그제 같은데. 세월이 너무나도 빨리 흐르는구나!"

— 166 —

둘이서 음식점에 들어갔다. 반주로 청주를 청하여 점심과 같이 먹

---

16) 박경리 《김약국의 딸들》에 나오는 명정동 충렬사 인근 대밭골이 아닌, 태평동에 있던 옛 대밭골을 말함.

17) 태평동에 있는 '북문 안새미(北門內路邊井)'를 말함. 두 개의 새미 중 웃새미는 근래 도시개발로 매몰

18) 경상남도 통영시 세병로 58-19(태평동 272번지)

는다. 동생은 제법 잘 먹는다.

"형님, 우리 고향 멘데에서 식사를 하니 밥맛이 참 좋습니다."

"그래, 옛날부터 우리 고장 통영은 고기고, 야채고, 여기서 나오는 물자는 참 맛있다. 그래서 부산에서도 통영서 난 물자는 잘 팔린다."

"그럼 형님은 왜 부산에서, 언제부터 사시나요?"

"모르겠다. 한 8~9년 되었다."

"무슨 이유가 있어서?"

"뭐, 네 형수가 몇 해 아프고, 나는 장사에 실패하여 도무지 유지를 하지 못하니 자식 따라 부산에 왔지. 너도 알다시피 유호 엄마가 서울 동생 창수 덕택으로 병이 나았지. 그리고 그 병이 지독한 갑상선인가 뭔가 하는 병인데, 뿌리가 깊어 여간해서는 뽑히지 않는다 하더구나. 마침 1970년도에 일본에서 만국박람회가 열려서, 그때 네 형수가 일본 가서 동생 만나보았다 하더라. 그리고 병원에서 치료받고 한국으로 나왔다."

— 167 —

"그럼 큰형님께서는 과수원이다, 여관이다, 새집이다 하여 잘 사는데, 형님은 아무리 장사에 실패하셨다 하여도 어찌 그럴 수가 있소?"

"동생 말도 일리가 있다. 내가 복이 없어서 그러니 할 수 있나."

"그래도 형님은 다른 형제와 달리, 큰집을 위하여 큰형님이나 큰형수께 뭐든지 희생을 다하지 않았습니까? 그런데 큰형님께서 보고만 있다 그 말씀입니까?"

"동생, 내가 부덕하여 그런 것인데 어찌 하겠나."

"그럼 예전에 큰형님과 작은형님 두 분께서 일본 오셨을 때, 제가 형님께 보낸 것도 못 받았습니까?"

나는 짐짓 놀랐다.

"동생, 하도 오래되었으니 나는 잘 모르겠다. 처갓집에서 일본돈 일만 원 가량 보내준 것은 알고 있다."

동생은 고개를 갸우뚱한다. 계산을 하고 음식점을 나왔다.

"형님, 우리 세병관에 가봅시다!"

"그래, 가보자! 동생은 학교 다닐 적에 인상 깊은 일화가 많이 있었으니, 분명 동생 추억에 남아있을 것이다."

— 168 —

둘이서 세병관 올라가는 계단 밑까지 왔다. 밑에서 세병관을 올려다보니 둘레에 철조망을 쳐놓고 있다.

"자, 동생. 우리 올라가보자!"

그런데 창민이는 몇 계단도 못가 주저앉는다. 나는 창민이를 업었다. 한 계단, 한 계단 올라가는데 갑자기 눈물이 난다.

— 169 —

'두 형님께서 일본 가서 동생과 함께 찍은 사진을 생각하니, 그리 건강한 모습은 어디로 가고 이리 빼빼 마른 몸이 되었지? 참 불쌍하

다.'

"형님. 무거운데 내리시고, 쉬었다 갑시다."

"너 같은 몸은 둘 업어도 까딱없다."

그리하여 세병관 앞까지 왔다. 들어가지는 못한다. 그래서 세병관 뒤편으로 왔다.

— 170 —

"동생, 지금 학교 이름은 통영국민학교다. 해방 전까지 통영공립심상소학교라 하여 일본사람만 다녔고, 철조망 울타리 사이 좌측이 세병관과 통영공립보통학교라, 거긴 한국사람만 다녔다. 동생 다닐 적에도 그리하였을 것이다."

동생은 감개무량한 모양이다.

— 171 —

이제는 갈 데도 없다. 어두워져서야 큰집으로 돌아왔다. 어머니가 반가이 우리를 맞아준다.

"어디 갔다 이제야 오는고?"

"어머니, 멘데로 해서 세병관 학교 있는 곳까지 가서 놀다 왔습니다."

"그래, 참 잘 하였다."

 그날 밤 큰형님이 나를 불렀다.

 "동생, 창민이가 가지고 온 집문서와 땅문서를 처분하여 한국으로 옮기면 어떻겠느냐? 흠. 이것을 일본에 가서 처분하여, 무전리에 가면 좋은 논밭이 있으니 그리하면 좋겠는데. 동생 의견은 어떠한가?"

 "형님, 그것은 안 됩니다. 동생 창민이에게도 자식이 있습니다. 동생이 알아서 하여야 합니다. 만약에 이 문서를 큰형님께서 처리한다 하시면 일본 동생의 자식들이 크게 섭섭해 할 것입니다. 이 문서는 동생에게 주시오."

 "네 말이 옳다."

 큰형님은 창민에게 문서를 돌려주었다.

 일본돈 몇 만원을 큰형님이 받는다.

 "이것뿐인가?"

 "예. 그게 전부입니다."

 큰형님은 크게 실망한 듯하다.

 "다른 사람들은 일본에서 돈 많이 벌고 큰 성공을 하였다는데, 매일 술만 처먹고 이 꼬라지가 뭐냐?"

 창민이를 많이 나무란다. 창민이는 아무 말이 없다. 내가 거들었다.

 "형님, 그리 마시오. 형님은 '돈, 돈, 성공, 성공' 하시지만 그리 쉬운 일이 아닙니다."

"너도 똑같은 놈이다!"

나는 기가 찼다.

— 174 —

"형님. 여기 이 사람이 누구입니까? 수만 리 타국에서 고향을 그리
워하며 어머니와 우리 형제 보고 싶은 마음 달래다가, 큰맘 먹고 몸
이 부자유한데도 불구하고 찾아와 28년 만에 상봉한 우리 동생 창민
이 아닙니까? 형님은 마음 고정하시고, 이 돈은 동생 보약이나 지어
먹이면 좋을까 합니다."

"……. 네 말이 옳다."

나는 이틀간 큰집에 있다가 부산으로 돌아왔다. 1972년, 내 나이
쉰네 살 때의 일이다.

— 175 —

며칠 후 창민이가 일본으로 떠나기 위해 큰형님과 함께 아미동 우
리 집으로 찾아왔다.

"동생, 아직 기일이 있을 것인데 벌써 가려 하느냐?"

"볼 일이 있으니 하는 수 없습니다."

나는 창민이가 일본으로 돌아간다 하니 어쩐지 마음이 아프고 섭

섭하다.

큰형님이 나를 불러 앉힌다.

"창민이에게 돈 얼마 받았나?"

"일본돈 만 원을 받아 우리 돈으로 바꾸었고, 지금 우리 돈으로 6,000원이 남았습니다."

"다 내놓아라."

나는 유호 엄마에게 남은 돈을 가지고 오게 하였다.

"이것뿐이냐? 다 어디에 썼느냐?"

나는 어찌할 줄을 몰랐다.

"창민이가 가지고 온 돈은 동생 창민이 밑에 다 들어갔다. 나는 네가 창민이가 가지고 온 돈, 많이 받은 줄 알고 그냥 왔다."

유호 엄마에게 말하여 3,000원을 받아서, 자갈치 김 시장으로 향하는 큰형님을 따라나섰다.

김을 7,000원어치 정도 사고, 큰형님과 함께 국제시장으로 갔다. 반지 가게에서 아이들 선물이라 하여 싸구려 반지 열 개 정도 사가지고 집으로 돌아왔다.

나는 가만 생각하니 큰형님 하는 것이 참 우습다.

집에서 하룻밤 자고 대문을 나서 큰형님과 나, 창민이 셋이서 여객선 대합실에 도착했다. 문득 창민이가 큰형님에게 돈을 달라고 한다.

"형님, 한국 돈 500원짜리 한 장만 주십시오."

"무엇 하려고 그러나?"

"예. 일본 가면 한국 돈 500원이 이렇게 생겼다고 보여주려 합니다."

큰형님은 얼른 동생에게 내주었다.

시간이 되어 탑승이 시작되었다. 창민이는 손을 흔들며 여객선에 올랐다. 이제 동생의 모습이 보이지 않는다.

이것이 내 동생 창민이와의 마지막 이별이다.

"동생. 우리 영도 가서 여객선 떠나는 것 볼래?"

"예, 형님. 어서 갑시다."

버스를 타고 영도 청학동까지 왔다. 마침 창민이가 탄 배가 오륙도를 지나간다. 큰형님과 나는 멀리 떠나는 배를 바라본다. 배는 점점 멀리 떠나 이제 보이지 않는다.

"형님, 동생 창민이가 무슨 마음으로 모국 방문을 하였고, 어머니와 우리 형제를 보러 왔는지……. 저는 암만 생각해도 창민이가 오래 살지는 못할 것 같습니다."

"동생 말이 옳다. 참 마음이 아프구나!"
나는 눈물이 난다.

— 180 —

마침 영도에는 작은집 조카 은미가 부산으로 시집와 살고 있다.
"동생, 우리 영도까지 왔으니 은미네 집이나 가볼래?"
"예, 그리 합시다."
큰형님과 나는 은미가 사는 동네로 가보았으나, 도무지 찾을 길이
없다.
"전화하면 나오겠지."
큰형님 말에 부근 다방으로 들어가서 전화하니 은미가 다방으로
찾아왔다. 큰형님과 나는 은미 집으로 가서 점심을 먹고 대접을 잘
받았다.

은미 집에서 나왔다. 버스 타는 곳에 다다랐다.
"나, 부산에 볼일이 있으니 동생은 어서 집에 가거라."
큰형님은 부산에서 일을 다 보고 통영으로 내려가고, 나는 버스를
타고 집으로 돌아왔다.

— 181 —

동생 창민이가 일본으로 돌아간 지 몇 달 후에 사망하였다는 창민

이 아들의 편지가 큰집에 도착했다. 동생은 죽을 때가 되어 그리운 고향에 와서 어머니와 형제를 만나보고 떠난 것이다.

참 불쌍하고 애처롭다. 상봉 안 한 것만 못하다.

— 182 —

나는 여전히 토목 일을 하였다.

딸 유선이가 대연동에 집을 샀다. 결혼 후 전셋집도 많이 옮겨 살았다. 딸이 새로 집을 장만했으니 참 기분이 좋다. 나는 유선이 집을 말끔히 수리해주었다.

큰아들 유호도 아미동 집을 팔아 은행 융자를 안고 망미동에 새로 집을 샀다. 아담한 양옥집이다.

내가 손수 수리하여 집을 잘 정돈하였다. 우리 내외는 유호 집에 못 들어가고, 대연동 유선이 집으로 들어갔다.

— 183 —

유선이가 남편과 둘이서 맞벌이하니 아이 볼 사람, 집 볼 사람이 없어서 부득이하게 유호 엄마와 함께 유선이 집으로 이사했다. 유호 집에는 사돈이 손자를 돌봐주고 있다. 이제 자식들도 기반을 잡았으니 안심이다.

1976년, 내 나이 쉰여덟 살 때의 일이다.

— 184 —

큰집이 밭도 다 팔아치우고, 여관도 팔고, 이제는 과수원까지 흔들흔들한다. 작은형수는 중풍에 걸려 집안 형편이 말이 아니다. 출가한 은미, 영미가 많이 도와준다 한다.

동생 창수는 만조카 석호와 함께 사업을 한다. 큰형님이 은행 돈을 빌려 사업자금을 대준다 한다.

그 후 창수와 석호는 사업이 여의치 못하여 그만 두었다.

— 185 —

만조카 석호는 시계 회사를 관두고 이리 뛰고 저리 뛰어도 모든 일이 잘 안되어 빚만 많이 지고 말았다.

"아버지, 살려 주십시오!"

그리하여 큰형님이 서울 가서 빚 청산하고 석호 식구를 데리고 통영 북신동 집으로 돌아왔다 한다. 큰집에서는 집세를 받고, 약도 팔고하며 생활을 유지하고 있다.

— 186 —

어머니는 연세가 많으니 자연히 기력이 약해져서, 멀리 나들이도 못하고 집 둘레만 다닌다.

석호의 동생 석원이는 굴 양식이다, 관광 나룻배다, 화장품 장사다, 여러모로 하여도 하나도 성공하지 못하니 큰형님도 걱정이 태산이다.

어느 날 큰형수가 내게 묻는다.

"아제, 과수원을 팔면 얼마나 받겠소?"

"내가 어찌 알겠소?"

"1억 원이 훨씬 더 된다. 형님도 나도 나이 들어가니 자식들에게 나눠주려고 쪼개 났다. 이 집은 석원이가 오래 돌보았으니, 석원이에게 주려고 한다."

나는 기가 막혔다.

다른 것은 몰라도 과수원만은 나도 한 마디 걸칠 수 있지 않은가. 나는 바라지는 않는다. 그러나 내게 말 한 마디라도 있어야 할 것 아닌가.

집을 사준다, 어느 밭을 준다, 포도밭에 집을 지어준다, 목욕탕 집을 사준다 해놓고 지금껏 무엇 한 가지 준 일 있는가. 나는 열심히 일하여 다 바쳤는데, 큰형님은 도대체 나를 바보천치로 생각하였는지 알 길이 없다.

'큰형님은 모른 척하지 마시오.'

— 190 —

하루는 큰집에서 시비가 벌어졌다.

"자꾸 배가 고프다. 먹을 것을 좀 주라."

어머니가 자꾸 조른다. 나는 몰래 초콜릿을 두 개 사와서 어머니에게 내민다. 어머니는 얼른 이불 밑에 감춘다. 그리고 자꾸만 밖을 내다본다.

— 191 —

나는 아무것도 모르고 이불 밑에서 초콜릿 하나를 꺼내어 어머니에게 조금씩 내준다. 그때 큰형님이 들어온다.

"동생, 이것이 뭐꼬?"

"초콜릿입니다."

형님은 역정을 내면서 손에 들고 있는 초콜릿과 이불 밑에 감추어 둔 것까지 다 뺏는다.

"이것 왜 어머니께 먹이느냐? 너 그리 안 해도 조석으로 음식 다 드린다. 쓸데없는 짓하지 마라!"

내 마음도 모르고 괜히 야단이다.

큰형수까지 들어온다.

"효자 났네. 어머님 똥, 오줌, 아제가 다 하시오! 귀찮아서 못살겠는데 초콜릿이 다 무어요? 서울 아제께서 어머니 드리라고 부쳐온 약도 못 먹이는데. 효자 났네, 사방에서 효자 났네. 우리만 자식이가! 아제들도 자식 아니냐? 모시고 가서 실컷 효도해라."

자꾸만 공박이다. 나는 생각했다. 큰형수가 어머니 모시고 고생하는 것은 나도 잘 알고 있다.

어머니에 대한 수고는 큰형님, 조카딸, 모두 근 7년간 어머니 수발을 하였고, 출가 후에는 맏조카며느리가 어머니 똥오줌 빨래를 다 하였다.

그런데 큰형님과 큰형수는 절에도 가고, 여행도 가고, 서울도 가고 한다. 항상 같이 다니니 어머니는 누가 돌보나 하는 걱정이 앞선다. 효자니 효부니 하는 소리도 듣기 싫고 말도 하기 싫다. 그러나 내 눈 앞에 보이니 말을 하지 않을 수 없고 가슴만 답답하다.

그러면서 "나는 효자, 효부다" 하니 말이나 되는가. 나는 큰집에 대하여 말하기가 싫어졌다. 그러나 내 눈 앞에 보이니 어찌 말을 하지 않을 수 있는가.

어느 날 큰집 일 마치고 버스 안에서 동생 창수와 말한 적이 있다.
"큰형님은 큰형수에게 한마디 대꾸도 못한다. 돈만 아는 사람이다. 과수원도 다 같이 일본에서 장사해서 샀는데 나한테 한 마디 말도 없이 팔아치웠다. 일본 동생이 나한테 주라던 물건도 안 주고 입 딱 다물고 있으니 말이나 되는가?"

하루는 어머니 옆에서 자다가 어머니 이불 밑을 들쳐 보니 어머니가 오줌물 위에서 자고 있다. 나는 한밤중에 유호 엄마를 부른다. 아무리 불러도 대답이 없다. 나는 화가 나서 큰소리로 불렀다. 유호 엄마가 나온다.
"귀가 먹었나!"
큰소리를 치고 뺨을 때리고 말았다.

"이 사람은 술만 먹으면 야단이다!"
큰형님, 큰형수가 나와서 달려든다. 나는 유호 엄마에게 말했다.
"어머니께서 오줌 위에서 주무신다. 가보아라."
오줌을 얼마나 쌌는지, 적삼까지 젖어 있다.

큰집 일을 마치고 유호 엄마와 함께 집으로 돌아왔다. 둘이 상의한 끝에 어머니 오줌 기저귀와 비닐 요를 만들어 유호 엄마가 통영 큰집에 가지고 갔다.

이것이 화근이 되어 또 문제가 생겼다.

어느 날 큰집에서 큰형수가 부른다.

"아제는 큰형님더러 '구두쇠다', '노랭이다', '돈만 아는 사람이다', '일본 동생이 보낸 물품도 받아먹었다' 하고 말하였다는데, 어째서 그런 말을 하는가? 형님은 일본에서나, 한국에 나와서나, 잠도 옳이 못자고 뼈 빠지게 일하여 아제 식구를 돌보아 먹여왔는데, 우리가 아니면 아제 식구는 다 굶어죽었을 것이다. 작은 아제도 죽고, 일본 아제도 죽고, 어디서 증거를 태울 것이냐? 아이고, 분해라! 우리 영감 불쌍타! 뼈 빠지게 일하고 고생해서 먹여살려놓으니, 앙물한다. 영감은 인덕도 지독히 없다. 아제는 우리가 제일 믿었는데! 아이고, 불쌍한 우리 영감아!"

갑자기 대성통곡을 하니, 나는 기가 차서 말문이 탁 막혔다. 큰형님은 가만히 듣고만 있다. 한심한 노릇이다.

어느 날 작은형수가 사망하였다. 나는 전화를 받고 놀라, 다 팽개치고 유호 엄마와 함께 통영으로 갔다. 기가 찬다.

영미는 영애와 작은형수 수발을 교대로 하다가 출가하였다. 영애는 작은형수의 병세가 좋지 못하니, "난 어머니 두고 시집 안 간다" 한다. 참 가련하고 기특하다.

그러나 작은형수는 회갑을 눈앞에 두고 저 세상으로 갔다. 나는 원통하고 불쌍하여 눈앞이 캄캄하다.

'아지매! 작은형님도 돌아가셨고, 어린 자식을 보아도 굳세게 살아야 할 분이 뭐가 이리 급했단 말입니까.'

나는 여전히 토목 일을 하였다. 이제는 기반을 잡았으니 안심이다. 나는 며느리와 함께 집 장사를 하였다.

며느리가 헌집을 잡아두면, 나는 인부를 데리고 가서 집수리를 하고, 이를 며느리가 되판다. 돈이 많이 남는다. 그리하여 망미동 같은 동네에 있는 큰 집을 샀다. 정원이 넓고 새로 지은 집인데 십중팔구는 이미 완공되어 있었다. 나는 기분이 좋아, 이 집 손을 많이 보았다.

'이 집이 우리들 집이다!'

유호는 정원에 꽃밭을 손질하여 아주 훌륭한 집을 만들었다. 나는 이 집에서 내 회갑연을 받았다.

나는 그 후로 집 장사는 그만두고, 대연동에서 일하며 종종 망미동으로 놀러 다녔다. 아들들 집이나, 딸 유선이 집이나 아무 탈 없이 잘 지낸다.

— 201 —

내 회갑 날에 일가친척이 다 모였다. 그런데 어느 한 구석이 비어있다. 어머니를 홀로 두고 있을 수 없으니, 큰형님과 동생 제수는 통영에 내려간 것이다. 나는 마음이 자꾸 쓸쓸하다.
'회갑이 다 무어냐.'
어머니 생각하니, 회갑이고 뭐고 다 싫다.
'나를 60년 이상 길러주신 어머니께서 살아계시는데 왜 못 오시나!'
눈물이 난다.
"다 치우라! 노래고 춤이고 나는 싫다. 일가고, 친족이고, 다 가라!"
나는 내 방에서 한없이 울었다. 1979년, 내 나이 예순한 살 때의 일이다.

— 202 —

아이들이 자꾸 여행을 가라 한다. 10 · 26 사태 직후인지라 시국이 어수선하다.

"나는 안 간다!"

1개월 후에 여행준비를 하였다 하여 다녀오라 한다. 수속을 다 마쳤다고 표를 내민다. 하는 수 없다. 유호 엄마와 함께 비행기를 타고 제주도로 갔다. 2박 3일 잘 놀고 왔다. 나는 행복했다. 1979년도의 어느 겨울날이었다.

— 203 —

내가 예순두 살 때 어머니가 돌아가셨다. 한 많은 인간세상 다 뿌리치고 어머니는 여든여덟에 저 세상으로 떠났다. 1980년 8월 19일 0시 20분의 일이다. 이날 우리 어머니가 이 세상을 버리고 훨훨 날아 저 세상 아버지 곁으로 간 것이다.

우리 어머니는 불쌍하다. 어느 어머니보다 훌륭하고 고귀하다. 우리 어머니는 가난을 이기고 눈물도 많이 흘리면서 우리 7남매를 훌륭히 돌보았다.

— 204 —

우리 어릴 적 그 고생, 그 누가 알 것인가. 큰형님만은 잘 알 것이다. 나는 통곡한다.

나는 어머니가 위독하다는 전화를 받고 유호 엄마와 함께 달려갔다.

다행히 어머니 운명 시에 임종하였으나, 기가 차서 눈물도 안 나온다.

— 205 —

나는 큰형님과 큰형수를 원망한다.

어머니가 아무리 병중이라고는 하나, 굶어죽겠다고 똥오줌에 겁이 났느냐 말이다. 나는 큰집 앞에서 땅을 치고 통곡했다. 너무너무 슬프다.

— 206 —

어느 날 망미동 사는 큰아들 내외가 수상하다.

며느리가 수천만 원의 빚을 내어 연립주택 건축을 시작한다 하여, 나더러 한 번 둘러보라 한다. 나는 현장으로 가보았다. 말이 아니다.

"이게 무슨 짓이냐! 욕심 부리지 말고 그만 두어라."

나는 며느리를 잘 타일렀다.

"아버님, 염려 마세요. 아버님께서 오셔서 감시 좀 하여 주세요."

나는 할 말이 없다. 나는 바쁘다. 나는 감시할 시간이 없다.

"잘 해보아라. 그러나 건축은 경험이 있어야 한다. 절대 무리하면 안 된다."

그리고 나서 나는 가보지도 못하였다.

그 후로 나는 며느리의 말을 따라 마무리 단계에 인부들을 데리고 가서 마무리를 하여 주었다. 그러나 남의 빚돈을 얻어 건축하였으니, 이자에 이자가 붙어 결국 실패하고 말았다. 이것이 풀리지 못하고 빚은 빚대로 남고, 집터도 없이 망하고 말았다.

— 207 —

유호는 망미동 집을 버리고, 아이들과 공부 책, 이불, 옷가지, 취사 용기만 가지고 대연동 전셋집으로 이사하였다. 며느리는 어디로 갔는지 오지 않는다.

'착하고 부지런하고 똑똑한 며느리였는데, 어찌하여 이렇게 많은 빚을 졌단 말인가!'

수천만 원짜리 집이 넘어가고, 논밭도 넘어가고, 연립주택도 넘어가고, 집도 땅도 터도 없이 다 없어지고 빚만 태산같이 짊어지고 망하였으니, 참으로 알 수 없는 일이다.

아무리 생각하여도 귀신이 곡할 노릇이다.

— 208 —

'왜 남편과 상의 한 번 없이, 부모에게도 말 한 마디 없이……. 누구를 원망하랴, 다 운명이다. 세월이 흐르면 또 다시 행복한 날이 오겠지. 사람은 살려두고 볼 일이다. 이것이 끝이라고 생각하지 말고, 열심히 하면 새로 솟아날 그날이 올 것이다.'

며느리는 갈 길을 헤맨다. 잘 살아보자고 이리 뛰고 저리 뛰고 노력도 많이 하였다. 그러나 이렇게 크게 실패할 줄은 자신도 몰랐을 것이다. 기왕에 엎어진 물이다.

'정신 차리고 집으로 돌아와야지.'

생각하면 가엽다.

며칠 후 며느리는 대연동 집으로 돌아왔다. 빚쟁이들이 자꾸 찾아온다. 며느리는 못 이겨 집을 나간다. 며칠 안 들어온다. 몇 번 집에 돌아오다, 또 나간다. 할 짓이 아니다. 집을 나가지 말라고 아무리 닦달해도 안 된다.

— 209 —

유호는 그 큰 빚을 떠안고, 적은 월급에서 매월 봉급일에 갚아 나간다. 집안 살림은 말이 아니다. 며느리는 집에 돌아오지 않는다. 아이들도 지쳐서, 어미 생각도 하지 않고 찾지도 않는다.

"엄마는 집에 돌아오면 또 집을 나가서 안 돌아오는데 뭐."

아이들을 보면 가슴이 답답하다.

— 210 —

마침 유선이가 광남초등학교로 발령받아 대연동 집을 팔고 남천동 삼익비치아파트로 이사한다. 유호도 대연동 셋집을 내어주고, 남천동으로 이사하였다.

유호 엄마와 나는 유선이 집에서 8년간 같이 지내다가, 유호 엄마와 같이 유호 집으로 옮겼다. 나는 유호를 불러 당부했다.

"아이들과 집 걱정 말고, 모든 것을 네 어머니와 상의하고 근무나 충실히 하여라."

아무리 내 자식이라 하나, 유호가 애처롭다.

남천동으로 이사 온 후로 며느리가 돌아왔다.

"아버님, 모든 일이 잘 되었습니다. 이제는 가정에서 아이들과 충실하겠습니다. 10여 년 넘게 살아온 정을 보아서라도 용서하여 주십시오. 다시는 집을 나가지 않겠습니다."

눈물을 흘리면서 용서를 빈다.

"잘 생각하였다. 과거지사는 다 흘려버리고, 우리 다시 합심하여 살아보자."

그 후로 아무 탈 없이 가정을 잘 돌보고 아이들에게 공부도 잘 가르치고 참 충실하다. 아이들 외조모도 만나고, 모든 사람들의 칭찬이 대단하다. 유호 엄마와 유호도 안심하고, 집안이 화목하다.

나는 기쁘다.

그럭저럭 2개월이 지났다.

갑자기 며느리가 집을 나갔다가 7일 만에 또 돌아왔다. 며느리와 싸움이 났다. 집에 못 들어온다고 유호가 화를 내어 밀어내었다. 나는 할 말을 못하고 며느리를 동정하였다.

"아버지, 저 사람 안 됩니다. 집에 오면 나가고, 들어오고, 또 나가고. 아이들 마음에 상처만 주니 아버지께서는 감싸주지 마세요. 벌써 몇 십 번째입니까?"

사실은 그렇다. 하지만 나는 유호를 타일렀다.

"아이들을 봐서라도 이번 한 번만 용서하여 주어라."

이제 며느리는 집에 충실하다.

'이제는 사람이라면 안 나가겠지.'

마음을 놓고 있는데, 집으로 돌아온 지 1개월 만에 또 집을 나갔다. 참 기가 막힐 일이다. 내 일기장을 들춰 보니 벌써 스물여덟 번째다. 나도 이제는 지쳤다.

'또 다시 집으로 돌아온다 하여도 예전처럼 감싸주지는 않을 것이다!'

잘못하다가는 이러다가 부자지간에 금이 갈 것 같다. 집을 나간 지 한 달 만에 또 집에 들어오려고, 이제는 자기 친구까지 동원한다.

나는 아무 말도 하지 못하고 잠자코 듣고 있다가 마침내 입을 열었다.

"당신들 성의는 감사합니다마는, 당신들 같으면 어찌 생각하겠소? 2년 동안 30번이나 집을 나간 사람을 어찌 생각하오? 우리도 아이들을 봐서라도 살게 하려고 무던히도 애를 많이 썼소. 시부모나 남편 그리고 아이들이 보기 싫어 나간 사람을 어찌 하란 말이오? 다음에는 오지 마시오. 잘못하면 당신들도 똑같은 사람이 될 것이요."

나는 딱 잘라 말하였다.

집에 자기 물품은 하나도 없다.

'남천동에 와서 옷 보따리도 가져갔고, 살기 싫어 자기 물품을 다 가져갔는데, 무슨 낯짝으로 다시 들어온단 말이냐!'

1983년 5월 24일, 내 나이 예순다섯 살 때의 일이다.

못다 적은 지나간 추억이 있어 적어야겠다.

나는 어머니나 큰형수 생존 시 일 년에 네 번은 꼭 통영을 찾았다. 종종 큰형수는 내게 신경질이다.

"다른 사람들이나 집안 아이들에게는 잡비를 잘 주면서, 왜 내게는 품삯도 잡비도 주지 않소?"

조카딸이나 맏조카며느리는 어머니를 위하여 수고가 많으니, 내가 몇 천 원씩 준다. 그것도 형수가 눈치 챘는지 어느 날 맏조카며느리가 내게 속삭인다.

"어머니께서 야단하시니, 아이들만 주세요."

나는 기가 찬다.

"아지매. 유호 엄마가 제사 때나 어머니 생신에는 꼭 1~2만 원을 큰형수께 드리고, 유호 엄마가 못 오면 내가 아지매에게 적지만 경비에 써달라고 드리지 않았습니까?"

"경비는 경비고, 내 잡비는 잡비 아닙니까? 어머니께서는 돈도 모르시는데, 왜 오천 원씩이나 드립니까?"

나는 할 말이 없다.

'큰형수가 내게 무엇을 잘 하였는가. 그래도 우리 큰형수다 하여 존경해왔는데, 이젠 아주 나를 바보 취급을 하니 이게 말이나 되나!'

또 쏘아붙인다.

"서울 아제는 내게 꼭 1만 원씩 잡비 하라고 주는데, 아제는 무엇이요? 아제는 왜 내게 한 푼도 안 주오?"

큰형님도 거든다.

"어머니께서 돈을 모른다. 오천 원 지폐고, 만 원 지폐도 모르신다.

그러니 어머니께 돈 드리지 말거라."

나는 생각하였다. 우리 어머니는 돈에 포부가 많은 분이다. 나이가 많을수록 돈 욕심이 생긴다. 어머니에게 가는 돈은 결국 큰집에서 소모된다. 나는 어머니에게 드릴 때에는 반드시 오백 원짜리로 바꾸어서 드린다. 어머니는 돈을 받아가지고 돌아앉아 자꾸 세어본다. 어머니는 그때마다 내게 반드시 묻는다.

"너, 집안이 넉넉지 못한데 와 이렇게 돈을 많이 주노?"

"이 돈은 오백 원짜리 열 장입니다. 오천 원 짜리 한 장하고 똑같습니다."

"맞나?"

어머니는 인기척만 나면 이불 밑에 뭐든 감춘다.

— 218 —

어머니 세상 떠나고, 어머니 주머니에는 삼만 원만 남아있었다. 동생 창수도 어머니에게 용돈을 많이 드렸을 것이다. 그러니 어머니에게 드리는 용돈은 결국 큰집에서 소모되는 것이다.

큰형님은 그것을 잘 알아야 한다. 큰형수도 마찬가지다.

— 219 —

그러면 과거를 한 번 돌아보자.

1939년, 내 나이 스물한 살 때의 일이다. 큰형님은 3년 전 결혼하여 큰형수를 일본으로 데려왔다. 나는 당시 미츠비시중공업 고베조선소에 다녔다. 공장에서 입던 작업복은 세탁을 하기 위하여 집으로 가져온다.

— 220 —

"형수, 이것 좀 빨아주시오."
하루는 작업복을 큰형수에게 내밀었다.

며칠이 지났다. 형수가 작업복을 세탁하여 주기 전에 내가 먼저 재촉하였다. 형수는 화를 잔뜩 낸다.
"일본이 살기 좋다 해서 일본으로 시집왔는데, 속아서 시집온 것도 서러운데 내가 일본까지 기름 옷 빨러 왔소? 내 모르겠소!"
어머니가 달려 나온다.
"야야, 전에 입던 옷은 어디 있노?"
"청 밑에 있습니다."
어머니가 결국 청 밑에서 찾아내었다. 내가 전에 입던 작업복과 가지고 온 작업복을 보에 싸서 집을 나오려 하니, 어머니가 붙잡는다.
"어디 가지고 가노? 내가 빨아줄게. 어미한테 주지 않고."

— 221 —

나는 그때 큰형수에게 정이 뚝 떨어졌다.

'제 까짓게 뭔데 건방지게?'

나는 그때부터 내 작업복 세탁은 공장 세탁소에 맡겼다. 그리고 한 달에 열흘 정도만 집에 와서 잤다.

"왜 집에 와서 안 자고, 한 달에 열흘 정도 집에 오느냐?"

어머니는 걱정이 되어 내게 묻는다. 나는 어머니를 걱정시키고 싶지 않았다.

"공장 일이 바빠서 공장에서 자게 되었습니다."

'어머니께서는 내 작업복을 정성껏 세탁하여 주시는데, 지가 뭐꼬?'

나는 어머니와 큰형님만 믿었다. 일본에서 살적에 유호가 태어났다. 큰집 2층 올라가는 첫 방에 있을 때다. 아이가 너무 울어서 제 어미도 감당 못할 지경이다. 아무도 말이 없는데 큰형수가 "시끄럽다!", "못 살겠다!" 하며 유호 엄마를 잡친다. "나가라!"니, "들어가라!"니, 나날이 더 심해진다.

— 222 —

큰형님이 하는 수 없이 큰집 뒤에 집을 얻어 주어, 우리는 뒷집으로 이사하였다.

유호 엄마가 아이를 아이 외갓집에 맡기면, 처제가 데리고 놀다가 저녁 때 데리고 온다. 큰형님은 장사 때문에 바빠서 유호 엄마가 거들어준다. 우리 식구 밥은 큰집에서 먹는다.

그 뒷집에서 아들 유차랑(裕次郎 ; 유지로)이 태어났다. 그 당시 아버지는 중병을 앓고 있었다.

어느 날, 6개월 된 아이가 갑자기 죽었다. 내게는 차남이다. 기가
찼다. 큰형님과 작은형님은 아버지 대신 이 아이가 죽은 것이라며
나를 위로했다. 나는 곰곰이 생각하였다.
'아버지 대신 죽었다 하니, 참 다행이다.'

— 223 —

고베 대공습 후, 아즈마도오리 5정목 일대가 철거되게 되었다. 큰형
님은 그 집의 대가로 집 주인을 만나 우리 집 것도 받아왔다.
"동생, 이 돈은 고향 가서 주마."
"예, 형님 가지고 계시오."
형님은 고향에 와서도 한 마디 말이 없다.

— 224 —

큰집 과수원에 살 때의 일이다.
종종 만조카 석호와 아들 유호가 옥신각신한다. 석호가 유호를 놀
리며 자꾸 싸운다.
"너는 거지다. 집도 없고 우리 집에서 매일 얻어먹고 사는 거지다!"
유호는 풀이 죽는다. 아이들이 이런 말하며 싸우면 그런 말하면 못
쓴다며 나무래야 할 것인데, 큰형수는 석호 편만 든다.

"석호 말이 옳다. 집도 없고, 우리 집에서 얻어먹고 산다."

아무리 어린아이라지만 풀이 죽어 눈물만 찔끔찔끔 흘리며 운다. 참 할 짓이 아니다.

— 225 —

유호 엄마와 유호는 말수가 적다. 오죽하면 유호 엄마가 내게 "길에서 거적을 깔고 자더라도 나가살자" 하였을까. 어머니는 우리 내외에게 "다 나가살아도 유호네는 나가지 말라" 한다.

— 226 —

큰형님도 어머니 자식이요. 나도 어머니 자식이다. 누가 뭐라 해도 큰집이 잘 되어야 한다.

'큰집이 잘 사니 살아도 신이 나고, 큰집 자랑도 하니 남에게 안 진다!'

이렇게 생각하면 타지에서 공부하는 아이들도 자연히 기운이 나는 법이다.

— 227 —

나는 큰집이 잘되기를 위한 마음에 술도 안 먹고 담배도 피우지 않았다. 큰집을 위하여 유호 엄마와 함께 기꺼이 희생했다.

그런데 자식들이 크니, 내 생각은 큰 오산이었다. 하지만 어머니가 있으니 나는 후회하지 않는다.

— 228 —

통영에 살 때 나는 노점상을 한 적이 있다.
잘 되어 가던 해안통의 노점이 철거당하였다. 나는 할 수 없이 집에서 놀았다.

하루는 큰형님이 나와 의논한 끝에 여관집 모퉁이에 점포를 내었다. 약 3개월가량 장사를 하였다. 어머니는 여관에 있고, 나는 종종 도매상에 가서 물품 구입을 한다.

— 229 —

그런데 종종 사이다와 과자 등 여러 물건이 없어진다.
'참 이상하다?'
장부 대조를 해보아도 마찬가지다.

하루는 물자를 받아가지고 와보니 큰형수가 사이다, 과자, 사탕, 과일 등을 내어놓고, 어머니와 형수 친구 되는 사람과 같이 먹고 있다. 나는 받아온 물건을 정리하고 가게를 본다.

큰형수는 친구들과 집을 나갔다. 물건은 한 죽 또는 한 두루미, 아니면 한 타스 단위로 파니, 그 중에서 물품 한두 개만 없어지면 다 팔아도 헛장사다.

어느 날 어머니가 내게 묻는다.

"네 형수가 먹고 간 것을 계산하여 주더냐?"

"아직 형수에게 한 번도 계산하여 본 것은 없습니다."

"네 큰형수가 오면, 나와 같이 사이다니, 과자니, 과일이니 자주 먹었다."

며칠 후의 일이다.

"아지매, 물건을 좀 받아와야겠습니다. 외상 좀 계산하여 주시오."

"아제, 내게 무슨 외상값이 있어요?"

어머니가 얼른 끼어든다.

"애야, 계산 좀 해 주거라."

"어머니, 염려하지 마시오. 아제 점포 세를 받아야 계산을 해줄 것 아닙니까? 저번에 김장 야채도 작은집에 갖다 주었는데."

나는 할 말이 없다.

어머니는 내게 얼마나 받아냈는지 묻는다.
"어머니, 계산 다 되었습니다."

그 후 큰형수는 나더러 아예 나가라고 한다.
"아제, 점포세도 안 내고 하니, 여관이 좁아서 안 되겠소. 다른 데로 옮기시오."
나는 이대로 가다가는 물건 하나도 남을 것이 없다 생각하여 점포를 거두었다.
'누구를 원망하랴, 다 내 못난 탓이지!'

큰형님이 우리 집으로 찾아왔다.
"동생, 왜 점포를 그만두었나?"
"다른 데로 옮길까 해서 그만두었습니다."
"어머니 혼자 심심한 판이라 잘 되었다고 나는 안심하였는데, 서너 달 만에 그만두다니 말이 되나?"
"형님, 미안합니다."
나는 큰형님에게 그냥 사과하고 말았다. 말도 못하고 기가 찰 노릇이다. 그 후 윤태봉의 점포에서 더부살이 장사를 하였다.

— 235 —

내가 네다섯 살 때 할아버지가 돌아가셨고, 사촌형님 재훈의 모친
도 돌아가셨다. 할아버지는 멘데 선창 위에 있는 당산에서 세상을
떠나셨고, 재훈 형님의 어머니는 멘데다리 위쪽에 있는 집에서 세상
을 떠나셨다.

대여섯 살 때 동네 아이들과 비석골, 공동묘지에 도깨비 귀신 잡으러
많이 돌아다녔다. 그리고 안뒷산, 남망산에는 쑥 캐러 많이 다녔다.

예닐곱 살 때 비석골 새미로, 대밭골 새미로, 물동이를 이고 물도 많
이 길으러 다녔다. 어머니가 아기를 보라고 업혀 주면, 아기를 업고
동네 골목길을 수없이 걸었고, 운동장까지 왔다갔다 많이 걸었다.
나는 발이 참 빨랐다.

동네 사람들은 내 이름을 모르는 모양이다. 날더러 "곰보야!", 아니
면 "깜둥이!"라고 불렀다.

우리 집 뒷간에는 언제나 회초리가 놓여있었다. 아이들이 싸우고
말을 안 들으면 어머니는 회초리로 사정없이 때렸다. 작은형님은 어
머니가 회초리만 들면 잘도 도망가고, 큰형님은 가만 앉아서 맞는

다. 나는 겁이 나서 운다. 나는 울면서 어머니에게 달려들어 회초리를 뺏는다. 그러면 그만이다.

— 236 —

우리 할아버지는 힘이 장사다. 그러나 아버지는 약골이다. 할아버지가 길을 가는데 남이 인사를 하면, 할아버지는 늘 똑같은 대답만 하였다.
"나는 자식 없는 사람이외다. 인사하지 마시오."
딱한 일이다.

할아버지는 아들이 둘 있었는데, 큰아들(재훈 형님의 부친)은 결혼하여 아들 하나, 딸 하나 남매를 두고 일찍 사망하였다고 한다.

우리 큰외삼촌 말에 의하면, 내 할아버지가 어느 날 대대로 독자로 내려오니 마음을 걷잡을 수가 없다 하여 점을 쳤다고 한다.
"둘째아들은 장가들거든 이혼시키고, 후에 새로 장가들이면 장수하고 자손이 많이 생긴다."
그래서 우리 아버지를 늦게 다시 장가들였다고 한다.

— 237 —

어머니는 아버지 제삿날에는 전처(前妻)를 위해 꼭 메밥을 올렸다.

사정이 이러하니 나는 삼촌도 없고, 고모도 없다. 외가 쪽으로는 큰외삼촌, 작은외삼촌과 이모가 있었다.

— 238 —

대여섯 살 때 멘데 선창가 입구 골목길에서 우리 선조 대대의 비석을 다듬고 있었다. 나는 거기 자주 놀러갔다.

그 후 어쩌된 일인지 비석은 선창가 옆으로 굴렀고, 물, 돌, 모래에 시달려 글자가 많이 닳아 말이 아니게 되었다.
동네사람들이 아마 많이 비웃었을 것이다.

— 239 —

해방 후에 큰형님, 작은형님, 나, 동생 창수와 합심하여 명정동에 있는 선산으로 비석을 운반하여 고이 세웠다. 도대체 재훈이란 사람은 장손으로서 무엇 하는 사람이란 말인가.
어디다 말도 못하고, 참 한심한 일이다.

— 240 —

세월은 흐른다. 하루는 큰집에서 유선이 집으로 전화가 걸려왔다.
'이게 무슨 날벼락인가!'

서울 모 병원에서 큰형수가 운명하였다는 연락이다. 나는 아침 일찍이 부산에서 버스를 타고 통영에 도착하였다. 얼마 전 서울에서 김 서방과 석태의 도움으로 무사히 통영으로 운구하였다 한다.

나는 형수의 관을 보았다. 지나간 오십 년이 주마등처럼 스쳐지나간다. 말 없이 눈시울이 빨개진다.
"아지매!"
마지막으로 큰형수를 불러보았다. 아무 말이 없다.
'어머니께서 안 계시면 큰형수가 어머니 역할을 할 것인데, 어머니 떠나시고 이제 아지매까지 떠나시니, 우리 큰집은 앞으로 어찌할꼬!'
내 마음은 자꾸 어지러워진다.

큰형님이 자꾸 통곡하며 울고 다니니 내 마음이 자꾸 서러워진다. 나는 무사히 장사지내고 돌아올 마음을 먹었다. 그러나 말 못할 내 마음, 그 누가 알 것인가.

양지바른 데 장지를 골라 고이 장사지냈다.

큰집으로 돌아오니 영 발걸음이 떨어지지 않는다. 큰형님도 데리고 와서 위로하려 하였으나, 통곡하며 말을 듣지 않고 장지에서 밤 늦게 돌아왔다.

— 244 —

큰형님 모습을 보니 내 마음이 터질 것 같다. 동생 창수는 혈압이 올라 누워있고, 조카들은 장난을 치며 희희낙락이다.

'쯧쯧. 무엇이 저리들 좋을꼬!'

부아가 치민다. 이 고비를 내가 넘겨야 하는데, 도저히 넘길 수가 없다.

애써 참으며 주위를 돌보다가, 그만 빈소에서 술을 많이 마셔버렸다. 나는 술을 많이 마시면 옳은 말도 뒤죽박죽이 된다. 그리고 미친다.

"동생에게 미음을 갖다 먹여라! 그러면 낫는다."

술에 취해 떠들고 있는 나를 보고 큰형님이 말했다.

나는 서른세 살 때 술을 배웠다. 담배는 서른다섯 살 때다. 최전방에 있을 때다. 나는 애주가는 아니다. 폭주가다. 담배는 골초도 아니다.

— 245 —

나는 이날 생애 처음으로 조카들에게 봉변을 당하였다. 차마 이 일은 글로 적을 수가 없다. 내 아들 유호, 유상이 생각이 난다.

— 246 —

아침이 되었다.

동생 창수는 형에게 한 짓에 대해 잘했는지 잘못했는지 말이 없다. 나는 동생에게 미안해서 말문이 꽉 막혔다. 동생은 화가 잔뜩 나서 한 마디 말없이 제수씨와 같이 서울로 떠났다.

— 247 —

나는 내 마음 달랠 길이 없어 시내를 한 바퀴 돌고 큰집으로 왔다.

— 248 —

순자, 영순 두 자매가 큰형님 옆에 앉아 위로하고 같이 울고 있다. 나는 큰방으로 들어가 큰형님 옆에 앉았다. 큰형님은 내 손을 잡는다.

"동생 심중 내 잘 안다. 앞으로 술 좀 삼가고 몸조심하여야 할 것이다."

나는 마음이 아파 눈물이 난다. 한 마디 말도 못하고 있을 때, 마침 석태가 들어왔다.

"석태야. 네 아버지께서 몸살이 나서서 자유로이 몸을 움직이지 못하시니, 약국에 가서 물파스와 담 파스를 사오너라."

큰형님은 넘어져서 허리를 다쳤다고 한다. 물파스를 바르고, 담 파스를 붙인 후에 주무르며 안마를 했다.

"동생, 훨씬 몸이 수월하다."

— 249 —

큰형님은 일어나 순자, 영순, 석태를 보고 말했다.

"너희 어미와 결혼하여 48년간이나 긴 세월을 함께 살아왔다. 너희 어머니에게 단 한 번도 '이년', '저년' 하지 않았고, 우리는 원앙새처럼 다정하게 살아왔다. 그런데 왜 나를 두고 저 혼자 저 세상으로 간단 말이냐. 내가 먼저 죽고, 너희 어미가 오래 살아야 너희들이 고향에 찾아와도 '엄마!' 하고 기뻐할 것인데, 앞으로 나 혼자 어찌하란 말이냐!"

— 250 —

"너희 어미는 한 푼을 아껴 너희 남매를 길러 왔다. 병이 심해 비행기 타고 서울로 가자 하면, 돈 많이 든다고 기차 타고 가자고 하던 너희 어미가 왜 병이 났는가?"

— 251 —

"우리 집에 도둑놈이 우글우글하다. 여관도 다 털어먹고, 과수원도 이모저모 다 갚아 털어먹었다. 이제는 이 집뿐이다. 이 집도 서로 넘겨다보고 있다. 그러니 너희 어미가 말도 못하고 놀라 백약이 무용지물이 되고 만 가지 병을 이기지 못하고 죽었다. 너희들이 알겠는가? 기가 막혀 못살겠다."

— 252 —

"그리고 이번 초상 때만 하더라도 무슨 돈이 이렇게 많이 드나. 삼우 마치고 나면 일일이 조사하여 도둑놈을 잡아내야 하겠다. 순자야, 장부의 출금과 입금내역을 잘 갖고 있어라. 만약 내가 죽고 나면 각기 제 살려고 형제고 뭐고 다 그만이다. 알겠느냐? 너희 셋이 잘 명심하여라."

나는 말없이 잠자코 앉아있었다. 참 한심한 일이다. 내 나이 예순다섯 살 때의 일이다.

큰형수는 1983년 4월 20일 66세로 서울에서 사망하였다.

나는 이튿날 유호 엄마와 함께 부산으로 돌아왔다.

— 253 —

그 후 어머니 제삿날에 유호 엄마와 함께 통영을 찾았다.
"동생, 해안통에 나가 바람도 쐬고 구경이나 하자."
나는 큰형님을 따라 해안통으로 나왔다.

참 아름답게 잘 지어놓았다. 마치 하와이같이 다듬어 놓았으니, 여름이라 시원하고, 야경도 참 좋다.

— 254 —

"동생, 멘데에 외상값 받을 것이 있으니, 같이 가자."
나는 형님을 따라 멘데로 향한다.

— 255 —

"동생, 자네 형수가 없으니 쓸쓸하고 외롭다. 이 몸이 집에서 꼼짝을 못한다. 저번에 둘째며느리가 서울에 발표회가 있다 하여 서울 간 사이, 일주일 간 집에 갇혀 있으니 답답하고 서글프더라."
"맏며느리가 있지 않습니까?"
"아침밥 먹고 석호, 석호 처, 석원이 모두 집을 나간다. 다들 저녁에야 돌아오니 집은 온종일 비어있다."
참 딱한 일이다.

— 256 —

"요사이 내게 중매가 많이 들어오는데, 동생 생각은 어떠냐?"
"형님 생각대로 하시오. 지금 세상에는 여든, 아흔 살이 되어도 마음만 맞으면 혼인합니다. 형님 입장이 정 그러시다면 좋은 사람 골라 성사하시오. 큰형수께서도 기뻐하실 것입니다."

문득 돌아가신 큰형수에게 미안한 마음이 들었다.

— 257 —

"만약에 형님께서 새사람을 얻었다고 합시다. 그러면 석호와 석원
이가 반대하지 않겠소?"

"두 놈 다 내보내야지."

"그러면 석호는 데리고 있어야 하지 않겠소?"

"두 놈 다 보기 싫다!"

나는 기가 차서, 더 이상 말해도 아무 소용이 없을 것 같아 입을 다
물었다.

— 258 —

큰형님과 멘데 사람을 만나 수금을 하고, 셋이서 다방에 가서 커피
한 잔 하고 큰집으로 돌아왔다. 서울 동생 창수는 아직 오지 않았다.

조금 있으니 석호가 들어와 인사한다.

"서울 삼촌께서 통영에 도착하였다는 전화가 왔습니다."

시간이 밤 12시가 넘었다.

그 먼 곳에서 다망한 몸으로 큰집까지 도착하였으니 대단한 정성이다. 무사히 어머니 제사를 모시고 이튿날 선산을 돌아보았다.

유호 엄마는 집 사정이 있어 아침에 부산으로 가고, 나는 오후에 동생 창수의 전송을 받으면서 버스를 타고 부산으로 돌아왔다. 이때가 1983년 8월 20일, 내 나이 예순다섯 살 때이다.

내가 살면서 제일 기뻤던 기억은,

내 어릴 적에 일본에서 큰형님이 편지와 송금을 하였을 때
일본에서 부모님과 동생들을 산노미야역에서 상봉하였을 때
동생 창수가 미국에 가는 시험에 합격하였다는 것이 신문에 났을 때
창수가 결혼한다는 말을 듣고 어머니가 매우 기뻐했을 때
통영에서 처음으로 큰 집을 샀을 때
도적을 잡고 나에 대한 혐의를 벗었을 때
부산에 딸 유선이 처음 큰 집을 샀을 때
큰아들 유호가 부산에서 큰 집을 샀을 때

딸 유선이가 출가하여 아들을 순산했을 때

— 262 —

내가 제일 슬펐던 기억은,

부모 동생과 작별하고 일본으로 갈 때
첫사랑과 이별했을 때
큰형수로부터 버림받았을 때
차남이 사망하였을 때
아버지가 돌아가셨을 때
내 동생 순이가 사망하였다 할 때
내 막냇동생 창제가 사고로 사망하였다 할 때
작은형님 차남이 죽어서 동생 창수와 둘이서 화장장 옆에 묻을 때
작은형님이 운명하였을 때
일본 동생 창민이가 사망하였을 때
큰집 여관에서 큰형수가 점포 옮기라 하였을 때
며느리의 잘못으로 큰 주택이 넘어갔을 때
어머니가 돌아가셨을 때
큰형수 사망하셨을 때

— 263 —

1983년 10월 15일.

 나의 4세에서 65세까지의 기록은 여기까지다. 며느리가 집을 나가고, 기대했던 큰아들이 힘겨워하는 모습을 곁에서 지켜보니, 나는 마지막까지도 성공을 하지 못했다는 생각이 든다.

 펜을 들 힘조차 없다.

— 264 —

 황령산에 오른다. 먼발치 광안리를 내려다본다. 나는 한숨 쉬며 소일한다.

 해가 바뀐다. 산은 움직이지 않는다. 늘 자리를 지키며 매일같이 나를 맞는다. 산정(山情)은 이토록 무한한데, 인정(人情)은 왜 이리도 유한하단 말인가.

— 265 —

 나는 눈을 감는다.

 참 마음먹은 대로 되는 게 없었던 내 인생이었다.

 내가 글을 적어 기록으로 남기는 이유는, 누군가에게 내 고단함을 토로하고 신세 한탄하는 마음에서가 아니다. 누군가는 성공하지 못했던 내 인생을 알아줄 것이라는 믿음에서 남긴 것이다.

언젠가 시간이 흘러 나를 알아주는 사람이 나타난다면, 그는 내 글을 읽어 주리라.

이제 나는 사랑하는 아들과의 행복했던 추억이 스며있는 부산 망미동의 한 사찰에 잠든다.

나는 눈을 뜨지 않는다.

1988년 서울올림픽이 개최되던 해, 내 나이 일흔이다.

끝

연보

연도	연령	사건
1919년	1세	고종태황제 붕어. 3·1만세운동. 임시정부 수립. 통영 출생
1920년	2세	
1921년	3세	동생 창민 출생
1922년	4세	조부 사망
1923년	5세	수영 익힘
1924년	6세	
1925년	7세	누이 순이 출생
1926년	8세	순종효황제 붕어
1927년	9세	부친 일하던 장자섬 금광 붕괴
1928년	10세	통영공립보통학교 입학
1929년	11세	2학년 진학. 동생 창수 출생
1930년	12세	3학년 1학기 후 학교 관두고, 오동나무 공장 근무
1931년	13세	형들 도일(渡日). 동생 창민 입학
1932년	14세	막냇동생 창제 출생. 도일(渡日). 쿠모치탕 근무
1933년	15세	가족 전체 도일(渡日).
1934년	16세	키타혼마치 3정목으로 이사
1935년	17세	타케노유 목욕탕으로 이직
1936년	18세	동생 창수 실종사건. 큰형 님 결혼. 창수, 아즈마소학교 입학
1937년	19세	
1938년	20세	한신 대수해(阪神大水害) 발생. 목욕탕 폐업. 첫사랑과 이별
1939년	21세	미츠비시중공업 고베조선소 입사
1940년	22세	동생 창수, 전국 라디오 웅변대회 출전. 결혼
1941년	23세	아즈마도오리로 이사. 동생 창수 현립2중 입학, 장남 유호 출생
1942년	24세	조카 석원 출생. 차남 유차랑 출생
1943년	25세	조카 영순, 은미 출생. 차남 유차랑 사망
1944년	26세	부친 사망. 막냇동생 창제, 중학교 입학
1945년	27세	고베 대공습. 5월 귀국. 광복. 차남 유상 출생
1946년	28세	동생 창수 통영중학교 편입. 막냇동생 창제 중학교 편입
1947년	29세	작은집 조카 태호 사망
1948년	30세	누이 순이 사망. 큰집에서 나와 일가 독립. 제1공화국 성립
1949년	31세	장남 유호 입학. 딸 유선 출생. 큰집 여관업 시작
1950년	32세	6·25동란. 해병대 통영상륙작전
1951년	33세	통영 대화재로 통영극장 소실. 큰집 여관은 무사

연도	연령	사건
1952년	34세	5월 '노무부대(일명 보국대)' 징용. 경기도 연천 영국군 부대 배치
1953년	35세	1월 '창경호사건'으로 막냇동생 창제 사망. 5월 제대. 휴전 성립
1954년	36세	
1955년	37세	동생 창수, 미국 교환교수 합격 및 도미(渡美) 취소
1956년	38세	
1957년	39세	
1958년	40세	동생 창수, 통영에서 자유당 최천, 서정귀 선거지원활동
1959년	41세	동생 창수 결혼
1960년	42세	3·15부정선거. 작은형님 사망. 4·19. 제2공화국 성립
1961년	43세	5·16. 제2공화국 붕괴
1962년	44세	처, 갑상선 발병. 통영 점포 정리. 부산으로 전거. 제3공화국 성립
1963년	45세	영친왕 환국
1964년	46세	딸 유선, 부산 혜화여중으로 전학
1965년	47세	한일국교 수립. 딸 유선, 부산여고 진학
1966년	48세	
1967년	49세	부산 제일제당 입사
1968년	50세	장남 유호 결혼. 차남 유상 입대. 아미동에서 연탄직매소 개업
1969년	51세	장남 유호, 분가하여 독립
1970년	52세	영친왕 승하. 오사카만국박람회에 처가 초청으로 유호 엄마 도일
1971년	53세	연탄직매소 집고 도목업 시작
1972년	54세	호적 독립하여 분가. 동생 창민 내한(來韓). 제4공화국 성립
1973년	55세	동생 창민 일본에서 사망
1974년	56세	
1975년	57세	
1976년	58세	딸 유선, 대연동으로 이사. 장남 유호, 망미동으로 이사
1977년	59세	작은형수 사망
1978년	60세	장남 유호, 망미동 새집으로 이사
1979년	61세	10·26사태. 망미동 유호 집에서 회갑연
1980년	62세	모친 사망
1981년	63세	제5공화국 성립
1982년	64세	
1983년	65세	큰며느리 내보냄. 큰형수 사망
1984년	66세	
1985년	67세	
1986년	68세	86아시안게임 개최
1987년	69세	6월 항쟁
1988년	70세	제6공화국 성립. 88서울올림픽 개최. 망미동 사찰에 영면

등장인물

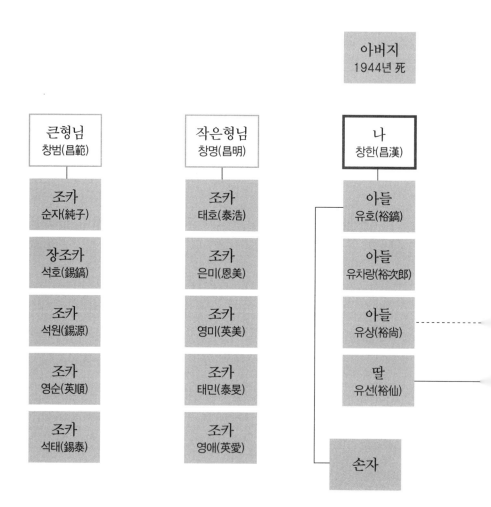

		아버지 1944년 死
큰형님 창범(昌範)	작은형님 창명(昌明)	나 창한(昌漢)
조카 순자(純子)	조카 태호(泰浩)	아들 유호(裕鎬)
장조카 석호(錫鎬)	조카 은미(恩美)	아들 유차랑(裕次郎)
조카 석원(錫源)	조카 영미(英美)	아들 유상(裕尙)
조카 영순(英順)	조카 태민(泰旻)	딸 유선(裕仙)
조카 석태(錫泰)	조카 영애(英愛)	손자

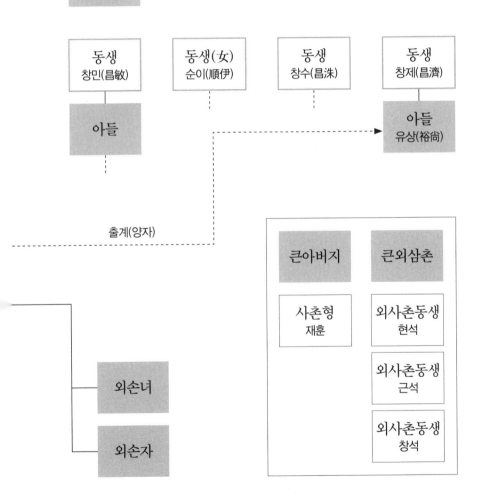